百年中国

名人演讲

蔡元培

言有物　行有伦

蔡元培　著

中国文史出版社

写在前面

过去的一百年风起云涌，波澜壮阔；过去的一百年百花齐放，气象万千。百年动荡，百年征程，百年奋斗。在这一百多年里，来自四面八方的声音响彻历史的天空，我们静心梳理，摒除派别与门户之见，甄选有助于后人多方位展望来路的篇章，于是便有了这套“百年中国名人演讲”。

聆听这历史的声音，重温这声音的历史，对于我们认识中华民族一百年来的发展脉络，景仰浩瀚天河中耀眼的先哲星辰，增强继往开来的民族文化自信，都将大有裨益。

演讲者简介

蔡元培（1868—1940），字鹤卿，又字仲申、民友、孑民，乳名阿培，并曾化名蔡振、周子余。浙江绍兴山阴县（今绍兴县）人，原籍浙江诸暨。革命家、教育家、政治家，民国首任教育总长。1916年至1927年任北京大学校长，革新北大，开“学术”与“自由”之风；1920年至1930年，兼任中法大学校长。1928年至1940年专任中央研究院院长，贯彻对学术研究的主张。数度赴德国和法国留学、考察，研究哲学、文学、美学、心理学和文化史，为他致力于改革封建教育奠定思想理论基础。1933年，倡议创建南京博物院，并亲自兼任第一届理事会理事长。抗战初期，与上海文化界知名人士联合组织成立了上海文化界救亡协会，积极组织发动文化界人士及民众投入抗日救亡运动。1940年3月5日在香港病逝。

目录

全国临时教育会议开会词

1912 年 7 月 10 日

今日之临时教育会议，即中华民国成立以后第一次之中央教育会议。此次会议，关系甚为重大，因有此次会议，而将来之正式中央教育会议，即以此次会议为托始。且中国政体既然更新，即社会上一般思想，亦随之改革；此次教育会议，即是全国教育改革的起点。此次议决事件，如果能件件实行，固为重要关系；即使间有不能实行者，然为本会已经议决之案，将来亦必有影响。诸君有远来者，即或在近处者，亦是拨冗而来，均在此次会议关系重大之故。

民国教育与君主时代之教育，其不同之点何在？君主时代之教育方针，不从受教育者本体上着想，用一个人主义或用一部分人主义，利用一种方法，驱使受教育者迁就他之主义。民国教育方针，应从受教育者本体上着想，有如何能力，方能尽如何责任；受如何教育，始能具如何能力。从前瑞士教育家（沛斯泰洛齐）有言：昔之教育，使儿童受教于成人；今之教育，乃使成人受教于儿童。何谓成人受教于儿童？谓成人不敢自存成见，立于儿童之地位而体验之，以定教育之方法。民国之教育亦然。君主时代之教育，不外利己主义。君主或少数人结合之政府，以其利己主义为目的物，乃揣摩国民之利己心，以一种方法投合之，引以迁就于君主或政府之主义。如前清时代承科举余习，奖励出身，为驱诱学生之计；而其目的，在使受教育者皆富于服从心、保守心，易受政府驾驭。现在此种主义，已不合用，须立于国民之地位，而体验其在世界、在社会有何等责任，应受何种教育。

社会逃不出世界，个人逃不出社会。世界尚未大同，社会与世界之利害未能完全一致。国家为社会之最大者，对于国家之责任与对于世界之责任，未必无互相冲突之时，犹之对于家庭之责任与对于国家之责任，不能无冲突也。国家、家庭两种责任，不得兼顾，常牺牲家庭以就国家；则对于国家之责任，自以与对世界之责任无冲突者为范围，可以例而知之。至于人之恒言，辄曰权利、义务。而鄙人所言责任，似偏于义务一方面，则以鄙人对于权利、义务之观念，并非相对的。盖人类上有究竟之义务，所以克尽义务者，是谓权利；或受外界之阻力，而使不克尽其义务，是谓权利之丧失。是权利由义务而生，并非对待关系。而人类所最需要者，即在克尽其种种责任之能力，盖无可疑。由是教育家之任务，即在为受教育者养成此种能力，使能尽完全责任，亦无可疑也。

当民国成立之始，而教育家欲尽此任务，不外乎五种主义，即军国民教育、实利主义、公民道德、世界观、美育是也。五者以公民道德为中坚，盖世界观及美育皆所以完成道德，而军国民教育及实利主义，则必以道德为根本。我国人本以善营业闻于世界。侨寓海外，忍非常之困苦，以致富者常有之，是其一例。所以不免为贫国者，因人民无道德心，不能结合为大事业，以与外国相抗；又不求自立而务侥幸。故欲提倡实利主义，必先养其道德。至于军国民主义之不可以离道德，则更易见。我国从前有勇于公战、怯于私斗之语。现在军队时生事端，何尝非尚武之人由无道德心以裁制之故耳。教育者，非为已往，非为现在，而专为将来。从前言人才教育者，尚有十年树木、百年树人之说，可见教育家必有百世不迁之主义，如公民道德是。其他因时势之需要，而亦不能不采用，如实利主义及军国民主义是也。吾人会议之时，不可不注意。

又有一层，我中国人向有一弊，即是自大；及其反动，则为自弃。自大者，保守心太重，以为我中国有四千年之文化，为外国所不及，外国之法制皆不足取；及屡经战败，则转而为崇拜外人，事事以外国为标准，有欲行之事，则曰是某某国所有也。遇不敢行之事，则曰某某等国尚未行者，我国又何能行。此等几为议事者之口头禅，是由自大而变为自弃也。普通教育废止读经，大学校废经科，而以经科分入文科之哲学、史学、文学三门，是破除自大旧习之一端。

至现在我等教育规程，取法日本者甚多。此并非我等苟且，我等知日本学制本取法欧洲各国。唯欧洲各国学制，多从历史上渐演而成，不甚求其整齐划一，而又含有西洋人特别之习惯；日本则变法时所创设，取西洋各国之制而折衷之，取法于彼，尤为相宜。然日本国体与我不同，不可不兼采欧美相宜之法。即使日本及欧美各国尚未实行，而教育家正在鼓吹者，我等亦可采而行之。我等须从原理上观察，可行则行，不必有先我而为之者。例如十三个月之年历、十二音符之新乐谱，在欧美各国为习惯所限，明知其善而尚未施行，我国亦不妨先取而行之。学制之中，间亦有类此者。

此刻教育部预备之议案，大约有四十余种之多。第一类，是学校系统；第二类，是各学校令及规程；第三类，教育行政之关系；第四类，学校中详细规则；第五类，大概含有社会教育性质。

其中有一大问题，是国语统一办法。现在有人提议：初等小学宜教国语，不宜教国文。既要教国语，非先统一国语不可；然而，中国语言各处不同，若限定以一地方之语言为标准，则必招各地方之反对，故必有至公平之办法。国语既一，乃可定音标。从前中央教育会虽提出此案，因关系重要，尚未解决。

此外，又有种种问题，不能单从教育界解决者。如前清学部主张中学以上由中央政府直辖；中学以下，归地方政府管辖。因昨有几位谈及，谓废府以后，中学校应归省立或县立。此等须俟地方官制颁布后，始能规定。现在只能假定一划分之方法，即如中等以上教育，取给于国家税，或以国家产业作基本金；中等以下，取给于地方税，或用地方产业作基本金。亦只能为假定之方法。

诸君此次来京，想亦有许多议案提出。其间与本部及他议员提出之问题略同者，可以合并讨论。此次临时教育会议，时期甚短，而议案至多。若讨论过于烦琐，恐耽误时间，不能尽议。盖诸君多半担任教育事务者，即使延会，恐亦不能过于延长。所以，希望诸君于议案之排列，将重要者提前开议。又每案之中，先摘出重要诸点，详细讨论；其他无关宏旨者，不妨姑略之。鄙人今日所欲言者止此。

在浦东中学的演讲

1913 年 6 月 14 日

杨锦春先生创此校时，邀上海学界中人与议，当时弟亦在场，即钦佩之。因富豪不肯捐资兴学，而杨先生独能之也。校成，又提出勤、朴二字，以诏职员学生，弟又甚钦佩之。盖勤、朴二字，即彼自己所经历也。彼无资本，何以能创此校乎？彼何以有资本乎？以其勤于工业，故收入甚丰也。然收入虽丰，苟徒逞一身之快乐，则资本又将消耗矣，安有余钱创此校乎？吾故曰，勤、朴二字，实为校主一身得力之处。不唯此而已，浦东中学，即勤、朴之产物，苟非勤、朴，安能产出一浦东中学乎？

吾今又欲提出一字，以补校主所未言，即公字是也。此字虽校主未曾明言，然彼能捐产兴学，不徒自私自利，即其公也。是校主虽未言公字，却能实行公字也。苟非公，又安得有浦东中学乎？校主所以能创此校，由于实行勤、朴、公之三字。此所以为一代伟人，而足以为吾人模范也。

吾人生此民国初建时代，即以奉行此三字为要务；中学生，尤以奉行此三字为要务，何也？国民教育，当遍设小学于国中，养成国民应有之智识技能，似已满足，何故尚须中学乎？盖中学者，一为高等普通学，二为预备专门学。人必有高等普通学及预备专门学，始能日进不已也。小学教育，授人以应有之智识技能，似已足维持现状矣。然人民不但以对付现状为究竟，尚须求进步也。世俗之见，或以为指导国民，其责在政府，不免以不肖之心自待矣。或以指导国民，责在学识兼优之学者，此说似较贤。然吾谓实有指导国民之力量者，厥唯中学生，何也？以其受高等普通学，又能进求专门学，故可指导普通国民也。推而广之，虽谓能指导普通人类，亦无不可。故在中学校中之人，即当以此自任。

中学生负指导国民之任，将注意何事乎？共和国最重道德，与从前以官僚居首要之主义，适相反对。从前风俗，以科名为荣耀，自幼即揣摩科举。所以然者，为欲借考试而得做官也，为做官可得较优之财产、较优之名誉也。故财产、名誉，一归于官僚。盖专制国以君主为最有财产、名誉，以此类推，故小官得小财产、小名誉，大官得大财产、大名誉，故财产、名誉，一归于官僚。今试问，吾国此风已改乎？实未之改也。不但官员未改此风，即议员亦不脱官僚之习。如此旧染污俗，永锢国民之身而不洗除，则吾国将来绝难立于世界之上，何也？盖世界强国，绝不如此趋向也。政以贿成，绝不能强国也。何故政以贿成乎？为官僚贪贿也。官僚所以贪贿者，为不勤也。不勤者无正当之收入，不能以自力自养，必有不正当之收入，庶足以济。欲求不正当之收入，于是乎贪；彼又有不正当之耗费，故又不能不贪。贪，故政以贿成也。夫为农、为工、为商，均须有正当之劳力，始有正当之收入；不勤不朴者，既不能效正当之劳力，即不能有正当之收入。于是，只可求途于官僚，以冀不正当之收入。若国民相率而求不正当之收入，斯其国危矣。

世界优强之国，官吏收入，较诸实业之收入，不如远甚，故国民相率趋实业而避官僚。今欲挽救吾国之弊，亦唯趋重实业而避官僚而已。今年本校添设工业班，正与此义相合，此又愿与诸君劝勉者也。

趋重实业，即可实行勤、朴、公三字，与旧道德不背，亦与新道德相合。旧道德曰义、曰恕、曰仁等，皆足与勤、朴、公三字互相发挥；新道德如自由、平等、权利、义务，亦赖勤、朴、公而圆满。或疑自由、平等与勤、朴不相容，此误解也。欲依赖他人，即不自由；依赖性，即由不勤所养成。即就小节言之，如起身要人伺候，出外要人跟随，若无人伺候跟随，几乎寸步难行，岂非不自由乎？此等不自由，皆由不勤所养成。故勤即自由，自由赖勤而后完全也。赖父、兄家产而生活者，可不自劳动而得衣食，当其任意耗费时，直可谓世界之蠹虫；及其耗费尽而变为穷汉，其苦有不堪言者，此又可见不勤之不自由矣。朴者，衣、食、住不奢侈也。余谓唯朴者最自由，因其无往不宜也。习于奢侈者，非美衣不衣，非美食不食；一旦遇世乱，美衣、美食不可得，遇粗粝不下咽，得布素不温暖，其不自由又何如乎？此即自由赖勤朴而完满之说也。或疑平等与勤朴无关，岂知世界之不平等，即由于有人不勤朴乎。一夫不耕，或受之饥；一女不织，或受之寒。己之四体不勤，其影响足令他人受饥寒，此不平等之由于不勤者也。奢侈之家，一饮一食，或耗中人十家之产，以一人之不朴，令多数人迫于饥寒，此又不平等之由于不朴者也。不勤不朴，既不自由，又不平等，刻削他人以利己，尚望其尽己之职，兼为他人尽职乎？杨先生建中学于浦东，为地方造福，即尽己之职，兼为他人尽职也。所以能如此者，即由能勤朴也，岂非吾人所当效法者乎？

或又谓有权利始有义务，唯奴隶有义务而无权利。余则谓权利由义务而生，无义务外之权利。优强人种，得在世界上占优强之位置，亦赖无数先哲之尽义务于前耳。亦有人种竟居奴隶之位置，即因该人类之先辈，不知尽应尽之义务，遂牺牲后人之权利耳。故生而为人，有几十年之生命，即有几十年之义务。当我之幼时，未能为己、为人尽义务，而有教我、养我者，此被养、被教之权利，乃我预支之权利也。他日者，我任教人、养人之责任，即我应偿之义务也。至老年无力尽义务，而不妨享固有之权利，即支用中年所积蓄者而已。故中年之人，为绝对的应尽义务之人，其尽义务，半以偿幼年之预支，半以供老年之享用。故人努力之机会，全在中年，中学生即中年之起步，安可不自勉乎？

人之生命，不可半途丧失。而有半途丧失者，譬如机器中途被毁，未尽其用，岂不可惜乎？人赖衣、食、住而生，故衣、食、住为保命之要务是也。然使但以衣、食、住保命，而更无活动以尽义务，人生亦太无聊矣。譬如机器，须有房屋以藏之，修理以维持之，此亦机器之权利也。然使但藏诸房屋而不尽其用，则机器之为机器，又何足贵乎？人之能力，远非机器之比，果能为人类尽义务，则衣、食、住之权利，不难取得。且本当发挥其良能，以庄严此世界。余故曰，权利由义务而生，无义务外之权利，而勤朴则义务自尽。

或又谓世界文明进步，机械甚多，交通便利，有无须劳动者；且因机械多，交通便，而装饰品增多，似无须尚朴者，此谬论也。机械多，交通便，所以催人勤，而非阻人勤。用机器而物价廉，地无不辟，事无不举，即助人勤之证也。美国人爱迪生，固发明机器，而赞美机器之功，谓世界数十年后，可无贫人，即机器助人勤之说也。至于交通便而装饰品多，乃以装饰普及于人民，非欲个人穷奢极侈也。世界文明进步，无非以向时少数人所独享者，普及于人人而已。即就建筑布置而论，最讲究者，为学堂、博物院、公园，皆为人人可至之地，亦一证也。昔时唯多财者可以远游，而远游一次，须费多数金钱。今则交通便而旅费廉，远游之举，可普及于人人矣，非教人奢侈也，所以补偏狭之见而渐趋大同也。我国老子，俄儒托尔斯泰所主张，似有反对机器、交通之意，即以机器、交通，似与勤朴主义不合也。余则谓勤朴主义，适与机器、交通相得益彰，似无须过虑。故吾国人今日奉行勤朴主义，不至与世界潮流反对，亦适与自国国情相合。

余又提出一公字。所谓公者，即他人尽不到之义务，吾人为之代尽也。试举一例，即杨先生之捐产兴学是矣。吾人亦当以杨先生之心为心，尽他人未尽之义务，则道德高而旧染除，国日以强矣。

养成优美高尚思想[①]

1913 年 6 月

今日蒙杨先生约弟到此，弟以为可听诸教习先生及来宾诸先生之伟论，故欣然而来。讵知杨先生专诚为弟开欢迎会，殊不敢当。今当先向杨先生及在座诸君道谢。演说未曾预备，愧无嘉言可贡。今谨竭所知，就女学一言。

弟从前亦曾担任女学，以为求国富强，人人宜受教育。既欲令人人受教育，自当以女学为最重要之事。何也？人之受教育，当自小儿时起。而小儿受母亲之教，比之受父亲之教为多。所谓习惯者，非必写字、读书，然后谓之教育也。扫地亦有教育，揩台亦有教育，入厨下烧饭亦有教育。总之，一举一动，一哭一笑，无不有教育。而主持此事者，厥唯母亲。与小儿周旋之人，未有比母亲长久而亲热者。苟母亲无学问，则小儿之危险何如乎？此已可见女学之重矣。然犹不止此，推本穷源，则胎教亦不可忽也。

① 本文是蔡元培在上海城东女学的演讲。

吾国古时，颇注意此事。女子当怀孕时，目不视恶色，耳不听恶声，口不出傲言，立必正，坐必端。何也？如孕时有不正之举动，则小儿受其影响，他年为不正之人，即由于此。苟女子无教育，则小儿在胎内时，为母体所范围，虽欲避免不良之影响，其道未由。当孩提时，又处处受母亲影响，此时染成恶习惯，他时改之最难。然则苟以教育为重要，岂可不以女学为重要乎？

弟有见及此，故亦曾组织女学，名曰“爱国女学校”。因诣力不足，为他事所牵，率不能专诚办女学，常觉抱愧于心。而白民先生自十年以前，即办女学，维持至今不衰，此弟所钦佩者也。从前曾来参观，有黄任之、刘季平诸先生任教课，崇尚柔术。其后在报上见过，知城东女学有崇尚美术、手工之倾向。今日参观，见许多美术品；听诸君唱歌，益知贵校有崇尚美术之倾向。或疑前后举动何以不一致，然以余观之，正合世界之趋势。何也？七八年前，吾人在专制政府之下，男子思革命，女子亦思革命，同心协力，振起尚武精神，驱除专制，宜也。然世界趋势，非常常如此。世有强凌弱之事，于是弱者合力以抵抗强者，逮两者之力相等，则抵抗之力无所用，人与人不必相争，当互相协力，各自分工，与人以外之强权抵抗。

人以外之强权何也？如风灾、水灾等皆是也。稻方开花而有暴风，则稻受损矣；棉方成熟而有淫雨，则棉受损矣。或大水冲决，则人民之田庐丧失；或火山爆烈，则一方之民受害。人所以受此种种灾害，毕竟由知识不足故也。使各自分工，研究学理，增加知识，则此种灾害，可渐消除。昔时道路不佳，不力不能行远；今有汽舟、汽车，可以行远，即知识增而灾害渐消之一证也。兄弟二人在家中，有时不免争竞，然外侮来时，自知互相以御外侮，更可知自家争竞之非。人与人同居一世界，犹一家也；自然界之种种灾害，犹外侮也。故人与人不当相争，而当合力以与自然抵抗。节省无益之战斗力，移之以与天然战。近世种种新发明，即由此而产出者也。达尔文初创进化论，谓生存竞争，人类亦不能免，因地上养分不足，故势必至于互争。今知其不然，损人利己，决不能获最后之优胜。故生存竞争云云，已为过去学说。最新之进化学，已不主张此说矣。如赤十字社设为救护队，虽两国相争，而该社专务救济，不论甲国、乙国，均得而救济之，不许强权者侵犯，已为世界各国所公认，此亦可见世界渐厌战争，共趋博爱之一端矣。

总之，世界须大家分担责任，又须打总算盘。吾国家族制度，父、子、兄、弟等，共居一家，饮食、衣服、房屋均公者，常易起冲突。假如一人穿新衣，一人穿旧衣，则穿旧衣者将不服，以为何厚彼而薄吾。如一人穿新衣，众人皆穿新衣，将不胜其费。如此种种冲突，实起于各人无职［责］任，而只知享用。故有提倡分至极小，以自活自养者，然仍不免靡费。例如有一大族，每日须供五十人之食，故须有一极大厨房。以其大也，分为五家，成为十人一家。然靡费仍多，因其间不免有侵欺之事也。如能互相帮助，互不相欺，则分工为之，而百事俱举矣。一家之中，洗衣者常管洗衣，烧饭者常管烧饭，教育者专管教育，虽规模宏大，比之五十人为一家而过之，亦尚不为害。因崇尚强力之主义减退，共同生活之主义扩充也。

又世界将来之趋势，男、女权利为相同。人类初时，男、女权利不能相同者，因男子身体较强也。战争则男子任之，跋涉道途，亦男子任之，他如出外经商、政治上活动，亦均男子任之，因此等事较为劳苦也。女子任家中各事，似较安逸，然因此男子权利较多。由此可见，劳苦多者权利多，劳苦少者权利少，权利由劳苦生，非可舍劳苦而求权利。今之世界，女子职业，可与男子相同，故权利亦可相同。何也？古时相杀之事多，男子因习于战争，故体力不期而然自强。将来男子职业，不必执干戈，遵进化公例，肢体不用则消退，即可知男子体力，未必过于女子，故男、女权利可相等。

然苟趋重实业，分工交易，彼有余衣可以为吾衣，吾有余食可以为彼食，各得丰衣足食，以乐天年，岂不善乎，此身体之快乐也。然但得身体快乐，未可谓满足，因身体要死也。故尚须求精神之快乐。有身体快乐而精神苦者，似快实苦，终为愚人而已矣。然则精神之快乐如何？曰：亦在求高尚学问而已。许多学问道理考究不尽，加力研究，发现一种新理，常有非常之快乐。如考究星者，常研究星中有何原质，所行轨道如何，太阳系诸恒星如何情形，均有人考究此等事。初似与吾人无关，然苟能研究，甚为有益。考究原质者，初时知最小者为极小之原子，今又考知有更小之物，名曰电子。昔时知原子不变化，今知原子尚有变化。此等研究，有直接有益于人生日用者，有未即有用者。然考道者，不论有用无用，苟未懂至彻底，则精神不快乐也。取譬不远，但举日常授课而言，教员为学生讲解，鸡能生蛋，牛能拖车，人知利用之，取为食物，用以耕田，似已足矣；然执笔按纸，画鸡画牛，有何用乎？更以漆工制成漆鸡漆牛，又何用乎？人当野蛮时代，以木为门，借山洞以居，苟可御风御雨已足，何故不自足，必用长方之玻璃为窗，何故必要美丽之台毯，无他，皆为不满足之一念所驱而已。饥必思食，大人之常情也。然小儿之时，虽体中已饥，竟可不知饥为何事；然其身体内自然有求食之动机，若不得食，则身体即患病，此生理上无可强制者也。吾人之精神亦然，若无科学、美术，则心中成病，精神不快。船之制作，至今世之飞船，殆可谓穷巧极工；然船之最初，不过一根木头，随意摇摇而已。车之简单者，如独力推行之牛角车是也；然一步一步改好，则有火车、电车之美备。划子帆船，比之独木船已好矣，而人心尚以为不足，此即人类进化之秘机也。其要旨，即在分工协力。今试吾人关门为之，必不能成一火轮船。何也？取轮于甲，求舆于乙，均非通工易事不为功也。由此可知，吾欲成一事，必赖许多人帮助；吾做成一事，又可帮助人成事。故吾人用一分力，与全世界人有关系，知吾人之力非枉用。

女子教育，有主张养成贤母良妻者，有不主张养成贤母良妻者。以余论之，贤母良妻，亦甚紧要。有良妻则可令丈夫成好丈夫，有贤母可令子女成贤子女，是贤母良妻亦大有益于世界。若谓贤母良妻为不善，岂不贤不良反为善乎？然必谓女子之事，但以贤母良妻为限，是又不通之论也。人之动作力，如限于一家，常耗费多而成功少，故贤母能教其三孩子者，不必专教三孩子，不妨并他人之孩子而共教之。故余以为，女子当求学之时，即须自己想定专诚学一事，如专诚学教育，专诚学科学、美术、实业均可。吾苟专精一事，自有他人专精他事，吾可与之交换也。据各先进国之经验，则女子之职业，不宜为裁判官，因女子感情易动，近于慈爱，故遇应受罚责之人，抑或以其可怜而赦之。算学、论理学亦不宜。而哲学、文学、美术学最相宜，女子偏重此各科，故此中颇产名人。然历史上名字，尚少于男子。今可察世界之趋势，不必限定，各自分趋，他日所成就，定可与男子同。

余以为自初等小学始，以至中学，即可注重实业、美术，其中可包括文学等。美国人某君，绝对注重实业。谓学堂教育，可以丧失人之能力，当使习为世界上之事，故青年之人，虽不入学堂，或助父，或助母，为一切事，均佳。入学堂者，常自谓学问甚高，是傲也。赖佣人之力以衣、食、住，习于舒服，而厌为劳苦之事，是懒也。傲且懒之习惯，殊不适于生存社会上。衣服须自裁，而彼不能自裁衣服，一切人生应为之事，彼均不能为，岂不可危乎？故某君之教育，不用教科书，不论男、女，均至厨房中烧饭。或谓裁衣为女子之事，某君曰不然，男子亦须学之。或谓解木为器，为男子之事，某君曰不然，女子亦须为之。所为各事，均即有科学寓乎中。菜即植物学也，肉即动物学也。烹调中有化学，有物理。用尺量布及绸，即为算学。剪刀剪物，亦地理学也。缝衣穿线，有重学、力学寓焉。太古不以铁为釜，将石镂空即为釜，是人类学、历史学也。美洲人之衣、食、住，与亚洲人之衣、食、住不同，是历史、地理均括于内也。我必尽义务，而后得与人共享权利；人享权利，亦必尽义务，自修身教授也。某氏发挥此主义，专著一书，名曰《学校及社会》，实可名之曰《学校及生活》。某氏倡此主义后，赞成之者颇多。近世小学、中学，必有手工、木工、石工、金工，近世之趋势如此，亦以生活教育之重要耳。

手工有日用必须者，有属于美术品者，又有本以供日用，而又加以美术之功夫者。美术似无用，非无用也。人类不自满足之念，实足见美术之不可少。吾见城东女学与世界趋势相同，此最可慰者。非只女学生应重手工、美术，即男学生亦应重手工、美术，此即男、女教育平等之一端也。

华法教育会之意趣

1916 年 3 月 29 日

今日为华法教育会发起之日，鄙人既感无限之愉快，尤抱无限之希望。

盖尝思人类事业，最普遍、最悠久者，莫过于教育。人类之进化，虽其间有迟速之不同，而其进行之涂辙，常相符合。则人类之教育，宜若有共同之规范。欲考察各民族之教育，常若不能不互相区别者，其障碍有二：一曰君主，二曰教会。二者各以其本国、本教之人为奴隶，而以他国、他教之人为仇敌者也。其所主张之教育，乌得不互相歧异？

现今世界之教育，能完全脱离君政及教会障碍者，以法国为最。法国自革命成功，共和确定，教育界已一洗君政之遗毒。自 1886 年、1901 年、1912 年三次定律，又一扫教会之霉菌，固吾侪所公认者。其在中国，虽共和成立，不过四年有奇，然追溯共和成立以前二千余年间，教育界所讲授之学说，自孔子、孟子以至黄梨洲[1]氏，无不具有民政之精神。故君政之障碍，拔之甚易，而绝不虑其复活。中国又素行信仰自由之风。道、佛、回、耶诸教，虽得自由流布，而教育界则自昔以儒家言为主。儒家言本非宗教，虽有祭祀之礼，然其所崇拜者，以有功德于民及以死勤事等条件为准，与法国哲学家孔德[2]所提议之“人道教”相类。至今日新式之学校，则并此等儒家言而亦去之。是中国教育之不受君政、教会两障碍，固与法国为同志也。

教育界之障碍既去，则所主张者，必为纯粹人道主义。法国自革命时代，既根本自由、平等、博爱三大义，以为道德教育之中心点，至于今且益益扩张其势力之范围。近吾于弥罗君所著《强权嬗于强权论》中，读去年 2 月间法国诸校长恳亲会之宣言，有曰：“我等之提倡人权，既历一世纪矣，我等今又为各民族之自由而战。”又于本年 3 月 15 日之日报，读欧乐[3]君之《理想与意志竞争论》，有曰：“法人之理想，不问其为一人，为一民族，凡弱者亦有生存及发展之权利，与强者同。而且无论其为各人，为各民族，在生存期间，均有互助之义务，例如比利时、塞尔维亚、葡萄牙等，虽小在体魄，而大在灵魂，大在权利，不可不使占正当地位于世界以独立而进行。”其为人道主义之代

---

① 黄梨洲：即黄宗羲（1610—1695）明末清初经学家、史学家、思想家。

② 孔德（Auguste Comte，1798—1857）：法国实证主义哲学家。主要著作有《实证哲学教程》《实证政治体系》等。

③ 欧乐（Aulard）：法国巴黎大学历史教授。1916 年 3 月华法教育会成立，被推举为法方会长。中方会长为蔡元培。

表，所不待言。

其在中国，虽自昔有闭关之号，然教育界之所传诵，则无非人道主义。例如孔子作《春秋》，区人治之进化为三世：一曰据乱世（由乱而进于治），二曰升平世（小康），三曰太平世。据乱之世，内其国而外诸夏（内者亲也，外者疏也）；升平之世，内诸夏而外夷狄；太平之世，夷狄进至于爵（与诸夏同），天下远近大小若一。（以上见何休[①]《公羊传解诂》）教化流行，德泽大洽，天下之人人有士君子之行而少过矣。（以上见董仲舒《春秋繁露·俞序篇》）孔子又尝告子游曰："大道之行也，天下为公，选贤与能（与者举也），讲信修睦。故人不独亲其亲，不独子其子，使老有所终，壮有所用，幼有所长，鳏寡孤独废疾者皆有所养，男有分，女有归，货恶其弃于地也，不必藏于己，力恶其不出于身也，不必为己。是故谋闭而不兴，盗窃乱贼而不作，故外户而不闭，是谓大同。"又曰："圣人以天下为一家，中国为一人。"其他如子夏言："四海之内皆兄弟。"张横渠言"民吾同胞"，尤与法人所倡之博爱主义相合。是中国以人道为教育，亦与法国为同志也。

夫人道主义之教育，所以实现正当之意志也。而意志之进行，常与知识及感情相伴。于是所以行人道主义之教育者，必有资于科学及美术。法国科学之发达，不独在科学固有之领域，而又夺哲学之席，而有所谓科学的哲学。法国美术之发达，即在巴黎一市，观其博物院之宏富，剧

---

① 何休（129—182）：东汉今文经学家、儒学大师。钻研十七年，撰成《春秋公羊解诂》十二卷，微言大义，博采众长，成为公羊学的集大成者。

院与音乐会之昌盛，美术家之繁多，已足证明之而有余。至中国古代之教育，礼、乐并重，亦有兼用科学与美术之意义。《书》[1] 云："天秩有礼。"礼之始，固以自然之法则为本也。唯是数千年来，纯以哲学之演绎法为事，而未能为精深之观察，繁复之实验，故不能组成有系统之科学。美术则自音乐以外，如图画、书法、饰文等，亦较为发达，然不得科学之助，故不能有精密之技术，与夫有系统之理论。此诚中国所深欲以法国教育为师资，而又多得法国教育之助力，以促成其进化者也。

今者承法国诸学问家之赞助，而成立此教育会。此后之灌输法国学术于中国教育界，而为开一新纪元者，实将有赖于斯会。此鄙人之所以感无限之愉快，而抱无限之希望者也。敬为中国教育界感谢诸君子赞助之盛意，并预祝华法教育会之发展。华法教育会万岁！

---

① 《书》：即《书经》，《尚书》的简称。

教育界之恐慌及救济方法[①]

1916年12月11日

余旅欧陆，时时披览祖国新闻纸，凡记载教育界之状况，常有感触于心者。比归国，与教育界中人晤谈，乃知恐慌之实际。恐慌维何？在高小学生毕业后，不能悉入中学。其间虽有力不逮者，亦有牵于种种原因，不能入中学者。顾就他方面观察，有志入中学之人，数亦不鲜。奈何中学招生，限于定额，不能悉数容纳，其招考额与投考人数，如十与二之比例。于是，有志上进而不克获选者，势必一而再，再而三，而往投考，使青年有为之士，光阴坐废，志愿消磨。如此兴学，与前清科举无异。譬彼工厂，一方面谋制物品，一方面宜筹销路。物品良，销路广，销路愈广，物品愈良。苟其不然，于制物品也，则单［殚］心以求之；于筹销路也，则束手以听之。于是，良物品置之高阁，日久亦将归无用。我国今日教育界之恐慌，得毋

① 本文是蔡元培在江苏省教育会的演讲。

类是。由是而进之，社会一般人鉴教育之效果如是，乃发生一种不信任学校之心。学校不为社会所信任，教育经费将因此而减杀，长此以往，其恐慌将何所底止耶？

吾人于此，当推究其恐慌之所由来。就余观察所及，厥有三因：

第一，高等教育之缺乏；

第二，实业教育之缺乏，致中学毕业生不能应社会上之用；

第三，道德心之缺乏。

吾人既定此三端，为教育界恐慌之原因，是当于此三端而商榷其补救之方法。

就第一因言之，我国今日欲筹设高等教育机关，且欲如欧、美各国之设施，一律完全无缺，就种种方面观察，三数年后，实万万不能办到。此非独余一人言之，即多数人亦莫不言之。故此一问题，唯有假作不成立，今日姑不讨论。今且就第二、第三两因，研究其补救之方法。简言之，即实质救济与精神救济而已。

孟子不云乎：有恒产而后有恒心。管子不云乎：衣食足而知荣辱。准是言之，为中学生筹救济，当注重职业教育。况考各国学制，中学制度，含有两种意义：一以高小毕业程度，究嫌未足，未能应社会之用，故入中学而加深之，完全之；一为有志大成者，俾在中学时，所授与之科学智识，得以巩固其基础。至今主张中学注重职业教育，就广义言之，我国今日中学课程，何尝不注重职业；官亦职业之一。故中学课法制、经济，使人人有政治普通智识，故法制、经济，亦可谓官之职业教育。尝忆数年以前，一般人士，咸趋于法政一途，以为科举既废，唯有入政法学校，尚可为作官吏之终南捷径。讵知政界需人，亦有数可稽，尽人而趋于此，尚复成何社会。今日之中学生，视世界潮流之趋势，我知其见解定较数年前高倍蓰。一切升官发财腐败不堪之思，种我人心中，现多数人已无丝毫存在。况今日世界大势所趋，政治范围必逐渐缩小，而移其势力于实业。

实业者，统农、工、商而言之也。照我国今日之中学毕业生，欲插足社会，而谋事业于农、于工、于商三者，大抵以商为最近。此无他，大商业局面广阔，视政界犹不甚远；且投机而获胜，所入亦为数甚巨。然吾敢谓中学所有之智识，用于普通商业，尚可应付；用于大商业，似犹未能措置裕如。况今世界大势所趋，交通机关完备，农、工事业发达，投机者将无所施其技。故商业范围亦当逐渐缩小，专力于农、工两途。农姑弗论，请先言工，如法国之工业协会，其标名为工业而入会者，则教员有之，医士有之。考其立会之本旨，因工界生活程度较低，难免受资本家之压制，于是合群策群力，而组织团体。会员年纳少数会费以后，凡需用何物，均可请会中代办。在协会一方面，仿佛似一种经营商业之代理店，得向各商贩躉，假如进货本照定价七折，售与会员，则作八折；将此中所得，大足以开销一切会务用款，故其势力殊足以凌驾全国也。不宁唯是，此次欧战之初，法社会党首领某君，曾在工业协会宣言，主张全欧同盟罢工，以遏止战祸，现虽不成事实，开战至今，几二年有半，然将来要知终有达到目的之一日。然则工业之势力，且足以左右世界也。

吾今且复言职业教育矣。注重职业云云，吾并非主张大加改革，不过于普通教育时间内，因地制宜，酌加农、工等科；一方面多设甲、乙种实业学校，使小学、中学毕业者，步步衔接，可以志愿入校。余数日前在杭州参观实业学校，取其教本，就大略翻阅，殊无异普通学教本；且实习时间，每周只十六小时，毋乃太少。法国有名进步学校者，亦可称之为初等职业学校，创办之初，所定课程，仅宗教、国文、算术三种，且仅日曜日①授课；不意逐渐发达，现在无论何种职业，均办有此种职业学校。小者易者，如理发，如擦靴，亦莫不各就自己之职业，各设学校以教授；大者难者，可无论矣。反观我国，工商业之学徒，名为习业，实则不过为其师供使令奔走之役，能无浩叹！在法国，今日此种学校，半日实习，半日授课。然则我国实业学校，每周只实习十六小时，两两比较，相差未免太远矣。但救济亦何难乎？宜打破尊士陋习，教员能共同操作，学生能忍苦耐劳，斯可矣。奈何吾人受毒已深，埋头抱膝，据案以吟，尽人能办；若胼手胝足，入场操作，未有不抱怨以去者。苟不得此种教师，而仅责学生实习时间加多，于情于理，均未有以济。

故救济之法，宜由公家派遣实业生赴欧留学。查法国此种学校，毕业期限，有三年者，有二年者，月费五十法郎，便可住校。假期中留校工作，既免宿费，又得津贴。果其派遣，则每人每年得三百元已足。至经费一层，偌大之中国，筹数万数千，直一举手之劳耳。不观前清之派遣

① 日曜日：即星期日。

法政生乎，以有用之金钱，几消耗于无用之地，我殊为之深惜。然则今日定必不吝此小费也。至派遣之本旨，原欲使此辈学生归国后，实地指导，共同操作，故宜预订一种契约，使学成后，须尽义务若干年。此虽为照例之事，然从前派遣师范生，事前未尝不办理周密，而事后则十九设法规避。此无他，实以无责任心所致。既无责任心，从前师范生欲作官吏，而今日工业生亦何尝不欲作官吏；有语以农商部为行政官，与汝所学异，而彼不顾也。设明日有较优于官者，彼又将舍官以他去。此吾所以言第三因，欲筹精神之救济法也。

吾国分士、农、工、商为四民，而士独尊。吾不得不犯众怒，归咎于人人尊崇之孔子。孔子蓄雄心，欲揽政权，故游说各国，推士为独尊，而轻视农、工与商，致门弟子中有农、工、商之才者，亦为所迷，而不知返。孟子继起，更为通功易事之曲说，诋陈仲子，诋许行，复为孔子辩诬，证据几不胜枚举。然古之人，犹能安贫乐道；而今之人，则不知道德为何事。说者谓救济道德，莫如提创宗教。然吾国本有所谓道教、佛教、儒教，其后又有回教，又有耶教。我国人本信教自由，今何必特别提倡一教，而抹杀他教。况宗教为野蛮民族所有，今日科学发达，宗教亦无所施其技，而美术实可代宗教。美术之种类，凡图案、雕刻、建筑、文学、演剧、音乐，皆括之。叔本华氏则注重诗歌，凡尔耐尔氏则注重演剧，别格逊氏则注重时间与音乐。就我国言之，周之礼乐，实为美术之见端。嗣是，如理学家之辞章，科举时代之辞章书画，皆属美术之一种。今日学校中，虽亦有音乐、图画，然而美感教育，终叹衰退。岂知美感教育，何在非是。外国学校中所用教本，姑举地理言之，书中插图，岂唯地图而已；凡风景名胜，名人墨迹，无不入之。地理如此，其他科亦无不如此。此即普通教育中参用美感也。至实业教育，亦宜与美感教育调和，若农业与自然之美，工业与美术之美，在在注重美育发达、人格完备，而道德亦因之高尚矣。

我之欧战观[1]

1917 年 1 月 1 日

今日贵会开恳亲会，鄙人得随诸君子之后，躬逢其盛，欢欣莫名。鄙人对于政治方面，毫无经验，对于创造共和，亦未稍尽汗血之劳，欢迎两字，实不敢当。今日承贵会相招，命鄙人述欧战之情形。鄙人近从欧洲归国，自应略有见闻。但鄙人并无军事上之知识，对于此次战争，自不能发挥其真谛。又此次战争，一方系同盟国，一方系协约国。鄙人来自法国，对于同盟国一方面，自必大有隔阂。兹以管窥所及，略为诸君子陈之。

欧战持久之原因。此次欧洲战争，牵连之国甚多，除欧洲一二小国外，其余各国，尽牵连在内。至战争最激烈者，则属德、法、俄三国，而尤以德、法之战为最久。故鄙人所欲言者，为德、法二国所以能持久之原因。

科学之发达。据鄙人观察以为，第一因科学之发达，

---

① 本文是蔡元培在北京政学会欢迎会上的演讲。

第二因美术之发达。聚聆此论，似近迂腐，然其中却有真理。何以谓由于科学发达也？战争要品，厥唯军械。世界日近文明，军械亦日新月异。比利时之列日（Liege）炮台，为世界最著名者，当造此时，以为无论何种炮弹，皆能抵御。而德国秘制之巨炮，竟攻破之。是其战胜实由军械进步；而军械进步，实由科学进步。又粮饷尤为军事上要品。然为地力所限，不能为无已之加增。德国虑粮糈缺乏，恃科学之力，制造种种代用品以济之。又战争之初，德军得势，亦半由于交通之便利。德国之交通计划，于无事时预备已极周到，一值开战，则即为运输军队之用。其工程之完坚，组织之精密，无不源于科学。法为民主国，其军备不能如德国之强。故开战之初，不免失败。然以科学发达之故，军械之制造，饷糈之调度，交通之设备，尚足与德抗衡，故能持久不敝，与德互有胜负。至俄国则版图虽较德、法二国为大，而科学比较的不发达，军械不足，交通不便，遂一蹶而不振矣。

国民道德然进而求之，战争以军人为主体。军备虽完善，交通虽便利，苟军人无舍身为国之公德，亦自无效。德国取侵略主义，法国取防御主义。主义虽不同，而为军人者，俱能奋勇前进，此由于国民之道德。俄国官吏有贪赃纳贿者，军官有私扣兵饷者，政治之腐败，已达极点，而国民教育，亦未普及。虽以德、法二国之精兵与之，亦万不能操必胜之券。

道德与宗教至道德之养成，有谓倚赖宗教者，其实不然。以此三国比较之，俄国最重宗教，莫斯科一市，即有教堂千余所。国家以希腊教为正教，对于异教之人，不禁虐待。犹太人因保守犹太旧教，屡受俄人虐待。可见信仰宗教，实以俄人程度为最高。德国北方多奉耶教，南方多奉天主教。而德人对于宗教，并不极端信仰。即如星期日，各教堂虽均有教士演讲，而普通人不皆往听。至于大学生，则对于教士多非笑之。一元论哲学家如海开尔（Hecker）等，尤攻击宗教。法国人对于宗教，较之德人尤为浅薄，即如圣诞日，德国尚停市数日，饰树缀灯；法国则开市如常，并无何等点缀。至于教堂中常常涉足者，不过守旧党而已。自1892年至1912年，法国厉行政教分离之制，凡教士均不得在国立学校为教员，自小学以至大学皆然。此外反对宗教之学说，自服尔得尔（Voltaire）以来，不知有若干人。可见法国人对于宗教之态度矣。俄人宗教上之信仰，较德、法人为高，而战争中之国民道德，乃远不如德、法，可见宗教与道德无大关系矣。

美术之作用。然则法、德两国不甚信仰宗教，而一般人民何以有道德心？此即美术之作用。大凡生物之行动，无不由于意志。意志不能离知识与情感而单独进行。凡道德之关系功利者，伴乎知识，恃有科学之作用；而道德之超越功利者，伴乎情感，恃有美术之作用。美术之作用有两方面：美与高是。

美与高。美者，都丽之状态；高者，刚大之状态，假如光风霁月、柳暗花明，在自然界本为好景。传之诗歌，写诸图画，亦使读者观者有潇洒绝尘之趣，是美之效用也。又如大海风涛，火山爆发，苟非身受其祸，罕不叹为壮观。美术中伟大雄强一类，其初虽使人惊怖，而神游其中，转足以引出伟大雄强之人生观，此高之效用也。

德法之民性。现今世界各国，拉丁民族之性质偏于美，而日尔曼民族之性质偏于高。德国鞠台（Goethe）之戏曲，都雷（Durer）与呵尔拜因（Holbein）之图画、克林格（Klingel）之造像，皆于雄强之中带神秘性质，此偏于高者也。法国语调之温雅，罗科科（Rococo）时代建筑与器具之华丽，大卫（David）与英格尔（Ingres）等图画之清秀，皆偏于美者也。凡民族性质偏于高者认定目的，即尽力以达之，无所谓劳苦，无所谓危险。观德军猛攻凡尔登之役，积尸如山，猛进不已，其毅力为何如！凡民族性质偏于美者，遇事均能从容应付，虽当颠沛流离之际，决不改变其常度。观法人自开战以来，明知兵队之数、预备之周，均不及德，而临机应变，毫不张皇，当退则退，可进则进，若握有最后胜利之预算，而决不以目前之小利害动其心者，其雍容为何如！此可以见美术与国民性之关系。而战争持久之能力，源于美术之作用者，亦必非浅鲜矣。

帝国主义与人道主义。又有一层，此次战争，与帝国主义之消长，有密切关系。使战争结束，同盟方面果占胜利，则必以德国为欧洲盟主，亦即为世界盟主，且将以军国主义支配全世界。又使协约方面而胜利，则必主张人道主义而消灭军国主义，使世界永久和平。何以言之？在昔生物学者有物竞争存、优胜劣败之说，德国大文学家尼采（Nietzsche）遂应用其说于人群，以为汰弱存强为人类进化之公理，而以强者之怜悯弱者为奴隶道德。德国主战派遂应用其说于国际间，此军国主义之所以盛行也。然生物学者又有一派发现生物进化公例，不在竞争而在互助。俄国无政府主义者克鲁巴特金（Kropotkin）亲王集其大成，而作《互助论》。其出版时本用英文，亦有他国文译本，然未为多数人所欢迎也。自此次战争开始，协约国一方面深信非互助无以敌德。既于协约各国间实验之，而《互助论》之销数乃大增。此即应用互助主义于国际，而为人道主义昌明之见端也。吾人既反对帝国主义，而渴望人道主义，则希望协约国之胜利也，又复何疑！

就任北京大学校长演讲词

1917年1月9日

五年前，严几道先生为本校校长时，余方服务教育部，开学日曾有所贡献于同校。诸君多自预科毕业而来，想必闻知。士别三日，刮目相见，况时阅数载，诸君较昔当必为长足之进步矣。予今长斯校，请更以三事为诸君告。

一曰抱定宗旨。诸君来此求学，必有一定宗旨，欲知宗旨之正大与否，必先知大学之性质。今人肄业专门学校，学成任事，此固势所必然。而在大学则不然，大学者，研究高深学问者也。外人每指摘本校之腐败，以求学于此者，皆有做官发财思想，故毕业预科者，多入法科，入文科者甚少，入理科者尤少，盖以法科为干禄之终南捷径也。因做官心热，对于教员，则不问其学问之浅深，唯问其官阶之大小。官阶大者，特别欢迎，盖为将来毕业有人提携也。现在我国精于政法者，多入政界，专任教授者甚少，故聘请教员，不得不聘请兼职之人，亦属不得已之举。究之外人指摘之当否，姑不具论，然弭谤莫如自修，人讥我腐败，而我不腐败，问心无愧，于我何惧？果欲达其做官发财之目的，则北京不少专门学校，入法科者尽可肄业于法律学堂，入商科者亦可投考商业学校，又何必来此大学？所以诸君须抱定宗旨，为求学而来，入法科者，非为做官；入商科者，非为致富。宗旨既定，自趋正轨。诸君肄业于此，或三年，或四年，时间不为不多，苟能爱惜光阴，孜孜求学，则其造诣，容有底止。若徒志在做官发财，宗旨既乖，趋向自异。平时则放荡冶游，考试则熟读讲义，不问学问之有无，唯争分数之多寡；试验既终，书籍束之高阁，毫不过问，敷衍三四年，潦草塞责，文凭到手，即可借此活动于社会，岂非与求学初衷大相背驰乎？光阴虚度，学问毫无，是自误也。且辛亥之役，吾人之所以革命，因清廷官吏之腐败。即在今日，吾人对于当轴多不满意，亦以其道德沦丧。今诸君苟不于此时植其基，勤其学，则将来万一因生计所迫，出而仕事，担任讲席，则必贻误学生；置身政界，则必贻误国家。是误人也。误己误人，又岂本心所愿乎？故宗旨不可以不正大。此余所希望于诸君者一也。

二曰砥砺德行。方今风俗日偷，道德沦丧，北京社会，尤为恶劣，败德毁行之事，触目皆是，非根基深固，鲜不为流俗所染。诸君肄业大学，当能束身自爱。然国家之兴替，视风俗之厚薄。流俗如此，前途何堪设想。故必有卓绝之士，以身作则，力矫颓俗。诸君为大学学生，地位甚高，肩此重任，责无旁贷，故诸君不唯思所以感己，更必有以励人。苟德之不修，学之不讲，同乎流俗，合乎污世，己且为人轻侮，更何足以感人。然诸君终日伏首案前，芸芸攻苦，毫无娱乐之事，必感身体上之苦痛。为诸君计，莫如以正当之娱乐，易不正当之娱乐，庶几道德无亏，而于身体有益。诸君入分科时，曾填写愿书，遵守本校规则，苟中道而违之，岂非与原始之意相反乎？故品行不可以不谨严。此余所希望于诸君者二也。

三曰敬爱师友。教员之教授，职员之任务，皆以为诸君求学之便利，诸君能无动于衷乎？自应以诚相待，敬礼有加。至于同学共处一室，尤应互相亲爱，庶可收切磋之效。不唯开诚布公，更宜道义相勖，盖同处此校，毁誉共之。同学中苟道德有亏，行有不正，为社会所訾詈，己虽规行矩步，亦莫能辩，此所以必互相劝勉也。余在德国，每至店肆购买物品，店主殷勤款待，付价接物，互相称谢，此虽小节，然亦交际所必需，常人如此，况堂堂大学生乎？对于师友之敬爱，此余所希望于诸君者三也。

余到校视事仅数日，校事多未详悉，兹所计划者二事：一曰改良讲义。诸君既研究高深学问，自与中学、高等不同，不唯恃教员讲授，尤赖一己潜修。以后所印讲义，只列纲要，细枝末节，以及精旨奥义，或讲师口授，或自行参考，以期学有心得，能裨实用。二曰添购书籍。本校图书馆书籍虽多，新出者甚少，苟不广为购办，必不足供学生之参考。刻拟筹集款项，多购新书，将来典籍满架，自可旁稽博采，无虞缺乏矣。今日所与诸君陈说者只此，以后会晤日长，随时再为商榷可也。

在爱国女学校的演讲

1917 年 1 月 15 日

本校初办时，在满清季年，含有革命性质。盖当时一般志士，鉴于满清政治之不良，国势日蹙，有如人之罹重病，恐其淹久而至于不可救药，必觅良方以治之，故群起而谋革命。革命者，即治病之方药也。上海之革命团，名中国教育会。革命精神所在，无论其为男为女，均应提倡，而以教育为根本。故女校有爱国女学，男校有爱国学社，以教育会员担任办理之责，此本校名之所由来也。其后几经变迁，男校因《苏报》案而解散，中国教育会亦不数年而同志星散，唯女校存立至今。辛亥革命时，本校学生多有从事于南京之役者，不可谓非教育之成效也。当满清政府未推倒时，自以革命为精神。然于普通之课程，仍力求完备。此犹家人一面为病者求医，一面于日常家事，仍不能不顾也。至民国成立，改革之目的已达，如病已医愈，不再有死亡之忧。则欲副爱国之名称，其精神不在提倡革命，而在养成完全之人格。盖国民而无完全人格，欲国家之隆盛，非但不可得，且有衰亡之虑焉。造成完全人格，使国家隆盛而不衰亡，真所谓爱国矣。完全人格，男女一也。兹特就女子方面讲述之。

夫完全人格，首在体育。体育最要之事为运动。凡吾人身体与精神，均含一种潜势力，随外围之环境而发达。故欲其发达至何地位，即能至何地位。若有障碍而阻其发达，则萎缩矣。旧俗每为女子缠足，不许擅自出门行走，终日幽居，不使运动，久之性质自变为懦弱。光阴日消磨于装饰中，且养成依赖性，凡事非依赖男子不可。苟无男子可依赖，虽小事亦望而生畏。倘不幸地方有争战之事，敌兵尚未至，畏而自尽者比比矣，又安望其抵抗哉。是皆不运动不发达其身体之故，卒养成懦弱性质，以减杀其自卫之能力与胆量也。欧美各国女子，尚不能免此，况乎中国。闻本校有体育专修科，不特各科完备，且于拳术尤为注意，此最足为自卫之具，望诸生努力，切勿间断。即毕业之后，身任体操教员者，固应时时练习，即担任别种事业者，亦当时时练习。盖此等技术，不练则荒，久练益熟，获益匪浅也。

次在智育。智育则属精神方面。精神愈用愈发达，吾前已言及矣。盖人之心思细密，方能处事精详。而习练此心思使之细密，则有赖于科学。就其易于证明者言之，如习算学，既可以增知识，又可以使脑力反复运用，入于精细详审一途。研究之功夫既深，则于处事时，亦须将前一事与后一事比较一番，孰优孰劣，了然于胸，而知识亦从比较而日广矣。故精究科学者，必有特别之智慧胜于恒人，亦由其脑筋之灵敏也。

更言德育。德育实为完全人格之本。若无德，则虽体魄智力发达，适足助其为恶，无益也。今先言我国女子之缺点。女子因有依赖男子之性质，不求自立，故心中思虑毫无他途，唯有衣服必求鲜艳，装饰必求美丽。何也？以其无可自恃也。而虚荣心于女子为尤甚，如喜闻家中之人做官，喜与有势力人往还，皆是。故高尚之品行，未可求诸寻常女界中也。今欲养成女子高尚之品行，非使其除依赖性质有自立性质不可。然自立不可误解，非傲慢自负，轻视他人之谓，乃自己有一定之职业，以自谋生活之谓。夫人果能自谋生活，不仰食于人，则亦无暇装饰，无取虚荣矣。尚有一端，女子之处家庭者，大凡姑媳妯娌间，总是不和，甚至诟谇。其故何在？盖旧时习惯，女子死守家庭，不出门一步，不知社会情状，更不知世界情状，所通声息者，家中姑媳妯娌间而已。耳目心思之范围，既限于极小之家庭，自然只知琐细之事。而所争者，亦只此琐细之事。若是而望女子之品行日就高尚，难乎不难！盖其所处之势使然也。虽然，女子之缺点固多，而优点亦不少。今举其一端，如慈善事业，恻隐之心，女子胜于男子。不过昔时专在布施，反足养成他人懒惰之习。今则当推广爱人以德、与人为善之道。凡有善举，宜使受之者亦出其劳力有益于社会，则其仁慈之心，为尤恳挚矣。女子讲自由，在脱除无理之束缚而已，若必侈大无忌，在为无理之自由，则为反对女学者所借口，为父兄者必不喜送女子入学。盖不信女学为培养女德之所，而谓女学乃损坏女德之地，非女学之幸也。

又今日女子入学读书后，对于家政，往往不能操劳，亦为所诟病。必也入学后，家庭间之旧习惯，有益于女德者保持勿失，而益以学校中之新知识，则治理家庭各事，必较诸未受过教育者，觉井井有条。譬如裁缝，旧时只知凭尺寸剪裁而已，若加以算学知识，则必益能精。如烹饪，旧时亦只知其当然，若加以化学知识，则必合乎卫生。其他各事，莫不皆然。倘女学生能如此，则为父兄者有不乐其女若妹之入学者乎？夫女子入校求学，固非脱离家庭间固有之天职也。求其实用，固可相辅而行者也。美国有师范学校，教授各科，俱用实习，不用书籍。假如授裁缝时，为之讲解自上古至现在衣服之变更，有野蛮时代之衣服与文明时代之衣服，是即历史科也。为之讲解衣服之原料，如丝之产地、棉之产地等，则地理科也。衣服之裁剪，有算法焉。其染色之颜料，有理化之法则焉，是即数学理化科也。推之烹饪等科，亦复如是，寓学问于操作中。可见女学固养成女子完全之人格，非使女子入学后，即放弃其固有之天职也。即如体操科中之种种运动，近亦有人主张徒事运动而无生产为不经济，有欲以工作代之者。庶不消耗金钱与体力，使归实用。此法以后必当盛行。益可见徒知读书，放弃家事，为不合于理矣。

在清华学校高等科的演讲

1917 年 3 月 29 日

两种感想

鄙人今日参观贵校，有两种感想：一为爱国心，一为人道主义。溯贵校之成立，远源于庚子之祸变。吾人对于往时国际交涉之失败，人民排外之蠢动，不禁愧耻，而油然生爱国之心，一也。美国以正义为天下倡，特别退还赔款，为教育人才之用，吾人因感其诚而益信人道主义之终可实现，二也。此二感想，同时涌现于吾心中。夫国家主义与人道主义，初若不相容者，如国家自卫，则不能不有常设之军队。而社会之事业，若交通，若商业，本以致人生之乐利。乃因国界之分，遂反生种种障碍，种种垄断。且以图谋国家生存、国力发展之故，往往不恤以人道为牺牲。欧洲战争，是其著例。吾人对现在国家之组织，断不能云满意，于是学者倡无政府主义，欲破坏政府之组织，以个人为单位，以人道为指归。国家主义与世界主义之不相容，盖如此矣。而何以在贵校所得之二感想，同时盘旋于吾心中？岂非以今日为两主义过渡之时代，吾人固同具此爱国心与人道观念欤？国家主义与世界主义之过渡，求之事实而可征。今日世界慈善事业，若红十字会等组织，已全泯国界。各国工会之集合，亦以人类为一体。至思想学术，则世界所公，本无国别。凡此皆日趋大同之明证。将来理想之世界，不难推测而知矣。盖道德本有三级：（一）自他两利；（二）虽不利己而不可不利他；（三）绝对利他，虽损己亦所不恤。人与人之道德，有主张绝对利他，而今之国际道德，止于自他两利，故吾人不能不同时抱爱国心与人道主义。唯其为两主义过渡之时代，不能不调剂之，使不相冲突也。

对清华学生之希望

吾人之教育，亦为适应此时代之预备。清华学生，皆欲求高深之学问于国外，对于此将来之学者，尤不能无特别之希望，故更贡数言如下：

一曰发达个性。分工之理，在以己之所长，补人之所短，而人之所长，亦还以补我之所短。故人类分子，决不当尽归于同化，而贵在各能发达其特性。吾国学生游学他国者，不患其科学程度之不若人，患其模仿太过而消亡其特性。所谓特性，即地理、历史、家庭、社会所影响于人之性质者是也。学者言进化最高级为各具我性，次则各具个性。能保我性，则所得于外国之思想、言论、学术，吸收而消化之，尽为“我”之一部，而不为其所同化。否则留德者为国内增加几辈德人，留法者、留英者，为国内增加几辈英人、法人。夫世界上能增加此几辈有学问、有德行之德人、英人、法人，宁不甚善？无如失其我性为可惜也。往者学生出外，深受刺激，其有毅力者，或缘之而益自发愤；其志行稍薄弱者，即弃捐其“我”而同化于外人。所望后之留学者，必须以“我”食而化之，而毋为彼所同化。学业修毕，更遍游数邦，以尽吸收其优点，且发达我特性也。

二曰信仰自由。吾人赴外国后，见其人不但学术政事优于我，即品行风俗亦优于我，求其故而不得，则曰是宗教为之。反观国内，黑暗腐败，不可救疗，则曰是无信仰为之。于是或信从基督教，或以中国不可无宗教，而又不愿自附于耶教，因欲崇孔子为教主，皆不明因果之言也。彼俗化之美，仍由于教育普及，科学发达，法律完备。人人于因果律知之甚明，何者行之而有利，何者行之而有害，辨别之甚析，故多数人率循正轨耳。于宗教何与？至于社会上一部分之黑暗，何国蔑有，不可以观察未周而为悬断也。质言之，道德与宗教，渺不相涉。故行为不能极端自由，而信仰不可不自由。行为之标准，根于习惯；习惯之中，往往有并无善恶是非之可言，而社交上不能不率循之者。苟无必不可循之理由，而故与违反，则将受多数人无谓之嫌忌，而我固有之目的，将因之而不得达。故入境问禁，入国问俗，不能不有所迁就。此行为之不能极端自由也。若夫信仰则属之吾心，与他人毫无影响，初无迁就之必要。昔之宗教，本初民神话、创造万物、末日审判诸说，不合科学，在今日信者盖寡。而所谓与科学不相冲突之信仰，则不过玄学问题之一假定答语。不得此答语，则此问题终梗于吾心而不快。吾又穷思冥索而不得，则且于宗教哲学之中，择吾所最契合之答语，以相慰藉焉。孔之答语可也，耶之答语可也，其他无量数之宗教家、哲学家之答语亦可也。信仰之为用如此。既为聊相慰藉之一假定答话，吾必取其与我最契合者，则吾之抉择有完全之自由，且亦不能限于现在少数之宗教。故曰信仰期于自由也。明乎此，则可以勿眩于习闻之宗教说矣。

三曰服役社会。美洲有取缔华工之法律，虽由工价贱，而美工人不能与之竞争，致遭擯斥，亦由我国工人知识太低，行为太劣，而有以自取其咎。唐人街之腐败，久为世所诟病。留学生对于此不幸之同胞，有补救匡正之天职。欧洲留学界已有行之者，如巴黎之俭学会，对于法国招募华工，力持工价与法人平等及工人应受教育之议。俭学会并设一华工学校，授工人以简易国文、算术及法语，又刊《华工杂志》，用白话撰述，别附中法文对照之名词短语，以牖华工之知识。英国留学生亦有同样之事业，其所出杂志，定名“工读”。是皆于求学之暇，为同胞谋幸福者也。美洲华工，其需此种扶助尤急，而商人巨贾，不暇过问，唯待将来之学者急起图之耳。贵校平日对于社会服役，提倡实行，不遗余力，如校役夜课及通俗演讲等，均他校所未尝有。窃望常抱此主义，异日到美后，推行于彼处之华工，则造福宏矣。

以美育代宗教说[①]

1917年4月8日

兄弟于学问界未曾为系统的研究，在学会中本无可以表示之意见。唯既承学会诸君子责以讲演，则以无可如何中，择一于我国有研究价值之问题为到会诸君一言，即“以美育代宗教”之说是也。

夫宗教之为物，在彼欧西各国已为过去问题。盖宗教之内容，现皆经学者以科学的研究解决之矣。吾人游历欧洲，虽见教堂棋布，一般人民亦多入堂礼拜，此则一种历史上之习惯。譬如前清时代之袍褂，在民国本不适用，然因其存积甚多，毁之可惜，则定为乙种礼服而沿用之，未尝不可。又如祝寿、会葬之仪，在学理上了无价值，然戚友中既以请帖、讣闻相招，势不能不循例参加，借通情愫。欧人之沿袭宗教仪式，亦犹是耳。所可怪者，我中国既无欧人此种特别之习惯，乃以彼邦过去之事实作为新知，竟

① 本文是蔡元培在北京神州学会的演讲。

有多人提出讨论。此则由于留学外国之学生，见彼国社会之进化，而误听教士之言，一切归功于宗教，遂欲以基督教劝导国人。而一部分之沿袭旧思想者，则承前说而稍变之，以孔子为我国之基督，遂欲组织孔教，奔走呼号，视为今日重要问题。

自兄弟观之，宗教之原始，不外因吾人精神作用构成。吾人精神上之作用，普通分为三种：一曰智识；二曰意志；三曰感情。最早之宗教，常兼此三作用而有之。盖以吾人当未开化时代，脑力简单，视吾人一身与世界万物，均为一种不可思议之事。生自何来？死将何往？创造之者何人？管理之者何术？凡此种种皆当时之人所提出之问题，以求解答者也。于是有宗教家勉强解答之。如基督教推本于上帝，印度旧教归之梵天，我国神话则归之盘古。其他各种现象，亦皆以神道为唯一之理由。此知识作用之附丽于宗教者也。且吾人生而有生存之欲望，由此欲望而发生一种利己之心。起初以为非损人不能利己，故恃强凌弱，掠夺攫取之事，所在多有。其后经验稍多，知利人之不可少，于是有宗教家提倡利他主义。此意志作用之附丽于宗教者也。又如跳舞、唱歌，虽野蛮人亦皆乐此不疲。而对于居室、雕刻、图画等事，虽石器时代之遗迹，皆足以考见其爱美之思想。此皆人情之常，而宗教家利用之以为诱人信仰之方法。于是未开化人之美术，无一不与宗教相关联。此又情感作用之附丽于宗教者也。天演之例，由浑而昼。当时精神作用至为混沌，遂结合而为宗教。又并无他种学术与之对，故宗教在社会上遂具有特别之势力焉。

迨后社会文化日渐进步，科学发达，学者遂举古人所谓不可思议者，皆一一解释之以科学。日星之现象，地球之缘起，动植物之分布，人种之差别，皆得以理化、博物、人种、古物诸科学证明之。而宗教家所谓吾人为上帝所创造者，从生物进化论观之，吾人最初之始祖实为一种极小之动物，后始日渐进化为人耳。此知识作用离宗教而独立之证也。宗教家对于人群之规则，以为神之所定，可以永远不变。然希腊诡辩家，因巡游各地之故，知各民族之所谓道德，往往互相抵触，已怀疑于一成不变之原则。近世学者据生理学、心理学、社会学之公例，以应用于伦理，则知具体之道德不能不随时随地而变迁；而道德之原理则可由种种不同之具体者而归纳以得之；而宗教家之演绎法，全不适用。此意志作用离宗教而独立之证也。

知识、意志两作用，既皆脱离宗教以外，于是宗教所最有密切关系者，唯有情感作用，即所谓美感。凡宗教之建筑，多择山水最胜之处，吾国人所谓天下名山僧占多，即其例也。其间恒有古木名花，传播于诗人之笔，是皆利用自然之美以感人者。其建筑也，恒有峻秀之塔，崇闳幽邃之殿堂，饰以精致之造像，瑰丽之壁画，构成黯淡之光线，佐以微妙之音乐。赞美者必有著名之歌词，演说者必有雄辩之素养，凡此种种皆为美术作用，故能引人入胜。苟举以上种种设施而屏弃之，恐无能为役矣。然而美术之进化史，实亦有脱离宗教之趋势。例如吾国南北朝著名之建筑，则伽蓝耳。其周雕刻，则造像耳。图画，则佛像及地狱变相之属为多；文学之一部分，亦与佛教为缘。而唐以后诗文，遂多以风景人情世事为对象；宋元以后之图画，多写山水花鸟等自然之美。周以前之鼎彝，皆用诸祭祀。

汉唐之吉金，宋元以来之名瓷，则专供把玩。野蛮时代之跳舞，专以娱神，而今则以之自娱。欧洲中古时代留遗之建筑，其最著者率为教堂。其雕刻图画之资料，多取诸新旧约；其音乐，则附丽于赞美歌；其演剧，亦排演耶稣故事，与我国旧剧《目连救母》相类。及文艺复兴以后，各种美术渐离宗教而尚人文。至于今日，宏丽之建筑多为学校、剧院、博物院。而新设之教堂，有美学上价值者，几无可指数。其他美术，亦多取资于自然现象及社会状态。于是以美育论，已与宗教分合之两派。以此两派相较，美育之附丽于宗教者，常受宗教之累，失其陶养之作用，而转以刺激感情。盖无论何等宗教，无不有扩张己教、攻击异教之条件。回教之谟罕默德，左手持《可兰经》，而右手持剑，不从其教者杀之。基督教与回教冲突，而有十字军之战，几及百年。基督教中又有新旧教之战，亦亘数十年之久。至佛教之圆通，非他教所能及。而学佛者苟有牵教义之成见，则崇拜舍利受持经忏之陋习，虽通人亦肯为之。甚至为护法起见，不惜于共和时代，附和帝制。宗教之为累，一至于此。皆激刺感情之作用为之地。

鉴激刺感情之弊，而专尚陶养感情之术，则莫如舍宗教而易以纯粹之美育。纯粹之美育，所以陶养吾人之感情，使有高尚纯洁之习惯，而使人我之见、利己损人之思念，以渐消沮者也。盖以美为普遍性，绝无人我差别之见能参入其中。食物之入我口者，不能兼果他人之腹；衣服之在我身者，不能兼供他人之温，以其非普遍性也。美则不然。即如北京左近之西山，我游之，人亦游之；我无损于人，人亦无损于我也。隔千里兮共明月，我与人均不得而私之。中央公园之花石，农事试验场之水木，人人得而赏之。埃及之金字塔、希腊之神祠、罗马之剧场，瞻望赏叹者若干人，且历若干年，而价值如故。各国之博物院，无不公开者，即私人收藏之珍品，亦时供同志之赏览。各地方之音乐会、演剧场，均以容多数人为快。所谓独乐乐不如与人乐乐，与寡乐乐不如与众乐乐，以齐宣王之惛，尚能承认之。美之为普遍性可知矣。且美之批评，虽间亦因人而异，然不曰是于我为美，而曰是为美，是亦以普遍性为标准之一证也。

美以普遍性之故，不复有人我之关系，遂亦不能有利害之关系。马牛，人之所利用者，而戴嵩所画之牛，韩干所画之马，绝无对之而作服乘之想者。狮虎，人之所畏也，而卢沟桥之石狮，神虎桥之石虎，绝无对之而生搏噬之恐者。植物之花，所以成实也，而吾人赏花，绝非作果实可食之想。善歌之鸟，恒非食品。灿烂之蛇，多含毒液。而以审美之观念对之，其价值自若。美色，人之所好也，对希腊之裸像，绝不敢作龙阳之想。对拉飞尔若鲁滨司之裸体画，绝不敢有周昉秘戏图之想。盖美之超绝实际也如是。且于普通之美以外，就特别之美而观察之，则其义益显。例如崇闳之美，有至大至刚两种。至大者如吾人在大海中，唯见天水相连，茫无涯涘。又如夜中仰数恒星，知一星为一世界，而不能得其止境，顿觉吾身之小虽微尘不足以喻，而不知何者为所有。其至刚者，如疾风震霆、覆舟倾屋、洪水横流、火山喷薄，虽拔山盖世之气力，亦无所施，而不知何者为好胜。夫所谓大也，刚也，皆对待之名也。今既自以为无大之可言，无刚之可恃，则且忽然超出乎对待之境，而与前所谓至大至刚者肸合而为一体，其愉快遂无限量。当斯时也，又岂尚有利害得丧之见能参入其间耶！其他美育中，如悲剧之美，以其能破除吾人贪恋幸福之思想。《小雅》之怨悱，屈子之离忧，均能特别感人。《西厢记》若终于崔、张团圆，则平淡无奇；唯如原本之终于草桥一梦，始足发人深省。《石头记》若如《红楼后梦》等，必使宝、黛成婚，则此书可以不作；原本之所以动人者，正以宝、黛之结果一死一亡，与吾人之所谓幸福全然相反也。又如滑稽之美，以不与事实相应为条件，如人物之状态，各部分互有比例。而滑稽画中之人物，则故使一部分特别长大或特别短小。作诗则故为不谐之声调，用字则取资于同音异义者。方朔割肉以遗细君，不自责而反自夸。优旃谏漆城，不言其无益，而反谓漆城荡荡寇来不得上。皆与实际不相容，故令人失笑耳。要之美学之中，其大别为都丽之美、崇闳之美（日本人译言优美、壮美）。而附丽于崇闳之悲剧，附丽于都丽之滑稽，皆足以破人我之见，去利害得失之计较，则其所以陶养性灵，使之日进于高尚者，固已足矣。又何取乎侈言阴骘、攻击异派之宗教，以刺激人心，而使之渐丧其纯粹之美感为耶。

北京留法俭学会预备学校开学式演讲词

1917年5月27日

今天留法俭学会预备学校行开学式，鄙人愿为诸君略陈同人所以组织斯会与建设斯校之用意。

盖世界动力之公例，常趋于力简而效速之方向。自然现象，两点之间，以直线为最短，故物体之下坠，光线之注射，苟非有特别阻力，必循直线而进行。社会之状态亦然。取火之法，自钻燧而击点，以至于火柴；交通之法，由推轮而大辂，以至于汽车，其用力愈简，其收效愈速，人故乐用之。人类进化之速率，远过于他种动物者，恃乎能学。使吾人生而在一未开辟之孤岛，如鲁滨逊然，则吾人虽终身劳动，亦仅仅能维持原人之生活而已。今在开化社会，前人之所经验，悉以其成效留贻吾人，使吾人得据以为较进之研究，而有较新之发明，如是吾人其所致力，或仅及前人，或且不及前人，而所得之效果，及转视前人为胜，恃有学也。

顾吾国固有学校矣，何以本会必劝人游学于外国？是亦有故。吾国学校之数，尚不足满愿学者之需。小学毕业者，或欲受中等教育而不得；中学毕业者，或欲受高等教育而不得，一也。吾国各学校之设备，尚不完全，亦不能悉得适当之教员；毕业之学生，仍不能与外国同等学校毕业生相较，二也。学校以外之设备，如藏书楼、博物院、动植物园、农场、工厂之属，吾国多未建设，不足以供学者之实习而参考，有事倍功半之虑，三也。故吾人不能不劝人游学。

顾吾国游学之风，自曾文正派遣华童百人赴美留学以来，各著名之国，几无不有我国留学生者。同人独提倡留法何故？曰：同人均经留法，于法国教育界适宜吾国学生之点，知之较详，则举所知以介绍于国人。其他留美、留德诸君，各介绍其所知，并行不悖，一也。同人之意，以为绅民阶级、政府万能、宗教万能等观念，均足为学问进步之障碍。所留学之国，苟有此种习惯，亦未始无影响于吾国之留学生。唯法国独无此种习惯，二也。欧美各国，生活程度均高，率非自费生所能堪。法国自巴黎以外，风气均极俭朴，其学校之不收学费，及所取膳宿费极廉者，所在多有。得以最俭之费用，求正当之学术，三也。吾国人恒言各国科学程度，以德人为最高。同人所见，法人科学程度，并不下于德人。科学界之大发明家，多属于法。德人则往往取法人所发明而为精密之研究。故两国学者，谓之各有所长则可，谓之一优一劣则不可。吾国学者颇有研究之耐心，而特鲜发明之锐气，尤不可不以法人之所长补之，四也。

至于留学法国，何以必用俭学之法？则因普通留法学生，率循每月四百佛郎之例；而自费生中能出此费者盖寡；即使能出此费，而用俭学法每月仅费一百佛郎，即可以其余三百佛郎供其他三学生之用，费少而成学益多。且不俭之学者，易驰心于外务，以耗其学力；律之以俭，而学益专。此则本会提倡俭学之意也。

至本会所以必设预备学校者，以到法之时，苟于最浅法语，尚未涉及，则起居饮食，诸多不便。又依入境问禁、入国问俗之义，能于未入彼国以前，略谙彼国风习，必有便利之处。又在法虽云至俭，一年尚须费五六百元，而在本国，则在三分之一以下。于预备学校中耗至少之费，而可以得入法时必需之知识，亦计之得者也。本会并已商订同志，于预备学校课程以外，为定期之演讲，将以国语演述学理，而随时写示法语中之专门名词，亦足为到法后读专门书之预备也。

凡同人之所以组织斯会及斯校者，均以力简而效速之主义为准如是。至预备学校之创设，实始于民国元年。其时教育部曾拨借方家胡同一校舍；二年，部中欲以校舍供京师图书馆之用，本校始迁四川会馆；未几，因不堪袁政府之干涉而停办。今幸得民国大学诸君之赞成，而得在此开学，同人深所感谢。适京师图书馆有移往午门之筹备，本会已呈请教育部，仍以方家胡同校舍拨归本会。俟迁入方家胡同后，本会并拟于预备学校以外，更组织一华法中、小学校，按部定中、小校令及规程办理，而外国语则用法语。毕业者，或进本国大学，或赴法留学，均形便利。此又本会已定之计划，可以报告于诸君者也。

在保定育德学校的演讲

1918年1月

鄙人耳育德学校之名，由来已久，今乘大学休假之际，得以躬莅斯地，与诸君子共语一堂，甚属快事。因贵校以育德为号，而校中又设有留法预科，乃使鄙人联想及于法人之道德观念。法自革命以后，有最显著、最普遍之三词，到处揭著，即自由、平等、友爱是也。夫是三者，是否能尽道德之全，固难遽定，然即证以中国意义，要亦不失为道德之重要纲领。

所谓自由，非放恣自便之谓，乃谓正路既定，矢志弗渝，不为外界势力所征服。孟子所称“富贵不能淫，贫贱不能移，威武不能屈”者，此也。准之吾华，当曰义。所谓平等，非均齐不相系属之谓，乃谓如分而与，易地皆然，不以片面方便害大公。孔子所称“己所不欲，勿施于人”者，此也。准之吾华，当曰恕。所谓友爱，义斯无歧，即孔子所谓“己欲立而立人，己欲达而达人”。张子所称“民胞物与者”，是也。准之吾华，当曰仁。仁也、恕也、义也，均即吾中国古先哲旧所旌表之人道信条，即征西方之心同理同，亦当宗仰服膺者也。

是以鄙人言人事，则必以道德为根本；言道德，则又必以是三者为根本。盖人生心理，虽曰智、情、意三者平列，而语其量，则意最广，征其序则意又最先。此固近代学者所已定之断案。就一人之身而考三性发达之迟早，就矿植动三物之伦而考三性包含之多寡，与夫就吾人日常之识一物、立一义而考三性应用之疾徐，皆有其不可掩者。故近世心理学，皆以意志为人生之主体，唯意志之所以不能背道德而向道德，则有赖乎知识与感情之翼助。此科学、美术所以为陶铸道德之要具，而凡百学校皆据以为编制课程之标准也。自鄙人之见，亦得以三德证成之。二五之为十，虽帝王不能易其得数，重坠之趋下，虽兵甲不能劫之反行，此科学之自由性也。利用普乎齐民，不以优于贵；立术超乎攻取，无所党私。此科学之平等性及友爱性也。若美术者，最贵自然，毋意毋必，则自由之至者矣。万象并包，不遗贫贱，则平等之至者矣。并世相师，不问籍域，又友爱之至者矣。故世之重道德者，无不有赖乎美术及科学，如车之有两轮，鸟之有两翼也。

今闻贵校学风，颇致力于勤、俭二字。勤则自身之本能大，无需于他；俭则生活之本位廉，无人不得，是含自由义。且勤者自了己事，不役人以为工；俭者自享己分，不夺人以为食，是含平等义。勤者输吾供以易天下之供，俭者省吾求以裕天下之求，实有悖于各尽所能、各取所需之真谛，而不忍有一不克致社会有一不获之夫，是含友爱义。诸君其慎毋以二字为庸为小。天下盖尽有几多之恶潮，其极也，足以倾覆邦命，荼毒生灵，而其发源，乃仅由于一二少数人自恣之心所鼓荡者。如往者筹安会之已事，设其领袖俱习于勤俭，肯为寻常生活，又何至有此。然则此二字者，造端虽微，而潜力则巨。鄙人对于贵校之学风，实极端赞成矣。唯祝贵校以后法文传习日广，能赴法留学者日多，俾中国之义、恕、仁与法国之自由、平等、友爱融化，而日进于光大。是非党法，法实有特宜于国人旅学之点：旅用廉也，风习新也，前驱众也，学说之纯正，不杂以君制或宗教之匿瑕也，国民之浸淫于自由、平等、友爱者久，而鲜侮外人也，皆其著也。

新教育与旧教育之歧点[①]

1918年5月30日

今日承京津中华书局代表之招，得与诸先生晤言一堂，不胜荣幸。中华书局，为供给教育资料之机关；诸君子皆有实施教育之职务。今日所相与讨论者，自然为教育问题。鄙人于小学教育，既未有经验；又于直隶省教育情形，未有所考虑，不能为切实之贡献。谨以平日对于教育界之普通感想，质之于诸先生。

夫新教育所以异于旧教育者，有一要点焉，即教育者非以吾人教育儿童，而吾人受教于儿童之谓也。吾国之旧教育以养成科名仕宦之才为目的。科名仕宦，必经考试，考试必有诗文，欲作诗文，必不可不识古字，读古书，记古代琐事。于是先之以《千字文》《神童诗》《龙文鞭影》《幼学须知》等书；进之以四书、五经；又次则学为八股

① 本文是蔡元培在天津中华书局直隶全省小学会议欢迎会上的演讲。

文，五言八韵诗；其他若自然现象，社会状况，虽为儿童所亟欲了解者，均不得阑入教科，以其于应试无关也。是教者预定一目的，而强受教育以就之，故不问其性质之动静，资禀之锐钝，而教之只有一法，能者奖之，不能者罚之。如吾人之处置无机物然，石之凸者平之，铁之脆者煅之；如花匠编松柏为鹤鹿焉；如技者教狗马以舞蹈焉，如凶汉之割折幼童，而使为奇形怪状焉。追想及之，令人不寒而栗。新教育则否，在深知儿童身心发达之程序，而择种种适当之方法以助之。如农学家之于植物焉，干则灌溉之，弱则支持之，畏寒则置之温室，需食则资以肥料，好光则覆以有色之玻璃；其间种类之别，多寡之量，皆几经实验之结果，而后选定之；且随时试验，随时改良，绝不敢挟成见以从事焉。故治新教育者，必以实验教育学为根底。实验教育学者，欧美最新之科学，自实验心理学出，而尤与实验儿童心理学相关。其所试验者，曰感觉之阈，曰感觉之分别界，曰空间与时间之表象，曰反射，曰判断，曰注意力，曰同化作用，曰联想，曰意志之阅历，曰统觉，凡一切心理上之现象皆具焉。其试验之也，或以仪器，或以图画，或以言语，或以文字。其所为比较者，或以年龄，或以男女之别，或以外界一切之关系，或以祖先之遗传性，因而得种种普通之例，亦即因而得种种差别之点。虽今日尚未达完全之域，然研究所得，视昔之纯凭臆测者，已较有把握矣。

因而知教育者，与其守成法，毋宁尚自然；与其求划一，毋宁展个性。请举新教育之合于此主义者数端。一曰托尔斯泰之自由学校，其建设也，尚在实验教育学未起以前，乃本卢梭、裴斯泰洛齐、弗罗贝尔等之自然主义而推演之者；其学生无一定之位置，或坐于凳，或登于桌，或伏于窗槛，或踞于地板，唯其所欲；其课程亦无定时，唯学生之愿，常以种种对象间厕而行之；其教授之形式，唯有问答。闻近年比利时亦有此种学校，鄙人欲索其章程，适欧战起，比为德所据，不可得矣。二曰杜威之实用主义，杜威著《学校与普通生活》一书，力言学校教科与社会隔绝之害。附设一学校于芝加哥大学，即以人类所需之衣、食、住三者为工事标准，略分三部：一曰手工，如木工、金工之类；二曰烹饪；三曰缝织，而描画模型等皆属之。即由此而授以学理，如因烹饪而授以化学，因裁缝而授以数学，因手工而授以物理学、博物学，因原料所自出而授以地学，因各时代各民族工艺若服食之不同而授以历史学、人类学等，是也。三曰蒙台梭利之儿童室，即特设各种器具以启发儿童之心理作用者，是也。吾国已有译本，想诸君已见之。四曰某氏之以工作为操练说，此说不忆为何人所创，大约以能力说为基础。能力者，西文所谓 Energy 也，近世自然哲学，以世界一切现象，不外乎能力之转移，如燃煤生热，热能蒸水成汽，汽能运机，机能制器；即一种能力之由煤，而热，而汽，而机，而器，递相转移也。唯能力之转移，有经济与不经济之别，如水力可以运机发电，而我国海潮瀑布之属皆置而不用，是即不经济之一端也。近世教育，如手工图画等科，一方面为目力手力之操练，而一方面即有成绩品，此能力转移之经济者也。其他各种运动，大率只有操练，并无出品，则为不经济之转移。若合个人生理及社会需要两方面而研究之，设为种种手力足力之工作，以代拍球蹴球之戏；设为种种运输之工作，以利用竞走竞漕之役；则悉于体育之中，养成勤务之习惯，而一切过激之动作，凌人之虚荣心，亦可以免矣。其他类是之新说，为鄙人所未知者，尚不知凡几，亦足以见现代教育界之进步矣。吾国教育界，乃尚牢守几本教科书，以强迫全班之学生，其实与往日之《三字经》、四书、五经等，不过五十步与百步之相差。欲救其弊，第一，须设实验教育之研究所。第二，教员须有充分之知识，足以应儿童之请益与模范而不匮。第三，则供给教育品者，亦当有种种参考之图画与仪器，以供教员之取资。如此，则始足语于新教育矣。

大战与哲学[1]

1918年10月18日

现在欧洲的大战争，是法国革命后世界上最大的事。考法国革命，很受卢梭、伏尔泰、孟德斯鸠诸氏学说的影响。但这等学说，都是主张自由、平等，替平民争气的；在贵族一方面，全仗向来占据的地盘，并没有何等学理可替他辩护了。现今欧战是国与国的战争。每一国有他特别的政策，便有他特别相关的学说。我今举三种学说作代表，并且用三方面的政策来证明他。

第一是尼采（Nietzsche）的强权主义，用德国的政策证明他。第二是托尔斯泰（Tolstoy）的无抵抗主义，用俄国过激派政策证明他。第三是克罗巴金（Kropotkin）的互助主义，用协商国政策证明他。考尼氏、托氏、克氏的学说，都是无政府主义，现在却为各国政府所利用。这是过渡时代的现象呵！

---

① 本文是蔡元培在北大国际研究演讲会上的演讲。

古今学者，没有不把克己爱人当美德的。希腊时代的诡辩派，虽对于普通人的道德，有怀疑的论调，但也是消极的批评罢了。到 1845 年，有一德国人约翰加派斯密德（Johon Karporschmilt）发行一书，叫作《个人与他的所有》，专说“利己论”。他说：“我的就是善的，我就是我的善物。善呵，恶呵，与我有什么相干？神的是神的，人类的是人类的。要是我的，就不是神的，也不是人类的。也没有什么真的，善的，正义的，自由的，就是我的。那就不是普通的，是单独的。”他又说：“于我是正的，就是正。我以外没有什么正的。就是于别人觉得有点不很正的，那是别人应注意的事，于我何干？设有一事，于全世界算是不正的，但于我是正的，因是我所欲的，那就我也不去问那全世界了。”这真是大胆的判断呵！

到了 19 世纪的后半纪，尼采始渐渐发布他个性的强权论，有《察拉都斯遗语》《善恶的那一面》《意志向着威权》等著作。他把人类行为分作两类：凡阴柔的，如谦逊、怜爱等，都叫作奴隶的道德；凡阳刚的，如勇敢、矜贵、活泼等，都叫作主人的道德。彼所最反对的是怜爱小弱，所以说：“怜爱是大愚”，“上帝死了，因为他怜爱人，所以死了。”他的理论，以为进化的例，在乎汰弱留强。强的中间有更强的，也被淘汰。逐层淘汰，便能进步。若强的要保护弱的，弱的就分了强的生活力，强的便变了弱的。弱的愈多，强的愈少，便渐渐地退化了。所以他提出“超人”的名目。又举出模范的人物，如雅典的亚尔西巴德（Alcibiades）、罗马的该撒（Caesar）、意大利的该撒波尔惹亚（Cesare Borgia）、德国的鞠台（Goethe）与毕斯麦克

(Bismarch)。他又说：此等超人，必在主人的民族中发生，这是属于亚利安人种的。他所说的超人，既然是强中的强，所以主张奋斗。他说："没有工作，只有战斗；没有和平，只有胜利。"他的世界观，所以完全是个意志，又完全是个向着威权的意志。所以他说："没有法律，没有秩序。"他的主义是贵族的，不是平民的，所以为德国贵族的政府所利用，实行军国主义。又大唱"德意志超越一切"（Deutsche uber alles），就是超人的主义。侵略比利时，勒索巨款；杀戮妇女，防她生育；断男儿的左手，防他执军器；于退兵时拔尽地力，焚毁村落，叫她不易恢复。就是不怜爱的主义。条约就是废纸，便是没有法律的主义。统观战争时代的德国政策，几没有不与尼氏学说相应的。不过尼氏不信上帝，德皇乃常常说"上帝在我们"，又说"上帝应罚英国"。小小的不同罢了。

与尼氏极端相反的哲学，便是托氏。托氏是笃信基督教的，但是基督教的仪式，完全不要，单提倡那精神不灭的主义。他编有《福音简说》十二章，把基督教所说五戒反复说明。第一是绝对不许杀人；第四是受人侮时，不许效尤报复；第五是博爱人类，没有国界与种界。他的意思，以为人侮我，不过侮及我的肉体，并没有侮及我的精神，但他的精神是受了侮人的污点，我很怜惜他罢了。若是我用着用眼报眼、用手报手的手段去对付他，是我不但不能洗刷他的精神，反把我自己的精神也污蔑了。所以有一条说："有人侮你，你就自己劝他；劝了不听，你就请两三个人同劝他；劝了又不听，就再请公众劝他；劝了又不听，你只好恕他了。"这是何等宽容呵！《新约福音》书中曾说道："有人掌你右颊，你就把左颊向着他。有人夺你外衣，你就把里衣给他。"这几句话，有"成人之恶"的嫌疑，所以托氏没有采入《简说》中。

托氏抱定这个主义，所以绝对地反对战争。不但反对侵略的战，并且反对防御的战。所以他绝对地劝人不要当兵。他曾与中国一个保守派学者通讯，大意说：中国人忍耐得许久了，忽然要学欧洲人的暴行，实在可惜，云云。所以照托氏的眼光看来，此次大战争，不但德国人不是，便是比、法、俄、英等国人，也都没有是处。托氏的主义，在欧洲流行颇广，俄境尤甚。……我想，托氏的主义，专为个人自由行动而设。若一国的人，信仰不同，有权的人把国家当作个人去试他的主义，这与托氏本义冲突。过激派实是误用托氏主义；后来又用兵力来压制异党，乃更犯了托氏所反复说明之第一、第四两戒了。

现在误用托氏主义的俄人失败了；专用尼氏主义的德人也要失败了；最后的胜利，就在协商国。协商国所用的，就是克氏的互助主义。互助主义，是进化论的一条公例。在达尔文的进化论中，本兼有竞存与互助两条假定义。但他所列的证据，是竞存一方面较多。继达氏的学者，遂多说互竞的必要。如前举尼氏的学说，就是专以互竞为进化条件的。1880年顷，俄国圣彼得堡著名动物学教授开勒氏（Kesster）于俄国自然科学讨论会提出"互助法"，以为自然法中，久存与进步，并不在互竞而实在互助。从此以后，爱斯彼奈（Espinas）、赖耐桑（L. L. Lanessan）、布斯耐（Lovis Buchner）、沙克尔（Huxley）、德普蒙（Henry Drummond）、苏退隆（Sutherland）诸氏，都有著作，可以证明互助的公例。

克氏集众说的大成，又加以自己历史的研究，于 1890 年公布动物的互助，于 1891 年公布野蛮人的互助，1892 年公布未开化人的互助，1894 年公布中古时代自治都市之互助，1896 年公布新时代之互助，于 1902 年成书。于动物中，列举昆虫鸟兽等互助的证据。此后各章，从野蛮人到文明人，列举各种互助的证据。于最后一章，列举同盟罢工、公社、慈善事业，种种实例，较之其他进化学家所举“互竞”的实例，更为繁密了。在克氏本是无政府党，于国家主义，本非绝对赞同，但互助的公例，并非不可应用于国际。欧战开始，法、比等国，平日抱反对军备主义的，都愿服兵役以御德人。克氏亦尝宣言，主张以群力打破德国的军国主义。后来德国运动俄、法等国单独讲和，克氏又与他的同志，叫作“开明的无政府党”的联合宣言，主张打破德国的军国主义，不可讲和。可见克氏的互助主义，主张联合众弱，抵抗强权，叫强的永不能凌弱的，不但人与人如是，即国与国亦如是了。现今欧战的结果，就给互助主义增了最重大的证据。德国四十年中，扩张军备，广布间谍，他的侵略政策，本人人皆知的了。且英、法等国，均自知单独与德国开战，必难幸胜，所以早有英、法协商，俄、法协商等预备，就是互助的基本。到开战时，德国首先破坏比国的中立。那时比国要是用托氏的无抵抗主义，竟让德兵过去攻击法国，英、法等国，难免措手不及了。幸而比国竟敢与德国抵抗，使英、法等国，有从容预备的时期。俄国从奥国与东普鲁士方面竭力进攻，给德国不能用全力攻法。这就是互助的起点。后来俄国与德国单独讲和，更有美国加入，输军队，输粮食，东亚方面，有日本舰队巡弋海面，有中国工人到法国助制军火。靠这些互助的事实，才能把德人的军国主义逐渐打破。现在，德人已经承认美总统所提议的十四条，又允撤退比、法境内的军队。互助主义的成效，已经彰明较著了。此次平和以后，各国必能减杀军备，自由贸易，把一切互竞的准备撤销，将合全世界实行互助的主义。克氏当尚能目睹的。

照此看来，欧战的结果，就使我们对于尼氏、托氏、克氏三种哲学，很容易辨别了。我国旧哲学中，与尼氏相类似的，只有《列子》的《杨朱》篇，但并非杨氏“为我”的本意。（拙作《中国伦理学史》中曾辩过的。）托氏主义，道家、儒家均有道及的，如曾子说“犯而不校”，孟子说的三“自反”，老子说的“三宝”，是很相近的。人人都说我们民族的积弱，都是中了这种学说毒，也是“持之有故”。我们尚不到全体信仰精神世界的程度，只可用“各尊所闻”之例罢了。至于互助的条件，如孟子说的“多助之至，天下顺之。寡助之至，亲戚畔之”“不通功易事，则农有余粟，女有余布”，普通人常说的“家不和，被邻欺”“群策群力”“众擎易举”，都是很对的。此后就望大家照这主义进行，自不愁不进化了。

劳工神圣[1]

1918年11月16日

诸君：

这次世界大战争，协商国竟得最后胜利，可以消灭种种黑暗的主义，发展种种光明的主义。我昨日曾经说过，可见此次战争的价值了。但是我们四万万同胞，直接加入的，除了在法国的十五万华工，还有什么人？这不算怪事！此后的世界，全是劳工的世界呵！

我说的劳工，不但是金工、木工等等，凡用自己的劳力做成有益他人的事业，不管他用的是体力、是脑力，都是劳工。所以农是种植的工，商是转运的工，学校职员、著述家、发明家，是教育的工，我们都是劳工。我们要自己认识劳工的价值。劳工神圣！

我们不要羡慕那凭借遗产的纨绔儿！不要羡慕那卖国

---

① 本文是蔡元培在庆祝协约国胜利大会上的演讲。

营私的官吏！不要羡慕那克扣军饷的军官！不要羡慕那操纵票价的商人！不要羡慕那领干脩的顾问咨议！不要羡慕那出售选举票的议员！他们虽然奢侈点，但是良心上不及我们的平安多了。我们要认清我们的价值。劳工神圣！

黑暗与光明的消长①

1918年11月15日

我们为什么开这个演说大会？因为大学职员的责任，并不是专教几个学生，更要设法给人人都受一点大学的教育。在外国叫作平民大学。这一回的演说会，就是我国平民大学的起点。

但我们的演说大会，何以开在这个时候呢？现在正是协约国战胜德国的消息传来，北京的人都高兴得了不得。请教为什么要这样高兴？怕有许多人答不上来。所以我们趁此机会，同大家说说高兴的缘故。

诸君不记得波斯拜火教的起源么？他用黑暗来比一切有害于人类的事，用光明来比一切有益于人类的事，所以说世界上有黑暗的神与光明的神相斗，光明必占胜利。这真是世界进化的状态。但是黑暗与光明，程度有浅深，范

---

① 本文是蔡元培在北京天安门举行庆祝协约国胜利大会上发表的演讲。

围也有大小。譬如北京道路，从前没有路灯，行路的人必要手持纸灯，那时候光明的程度很浅，范围很小；后来有公设的煤油灯，就进一步了；近来有电灯汽灯，光明的程度更高了，范围更广了。世界的进化也如此。距今一百三十年前的法国大革命，把国内政治上一切不平等黑暗主义都消灭了；现在世界大战争的结果，协约国占了胜利，定要把国际间一切不平等的黑暗主义都消灭了，另用光明主义来代他。所以全世界的人，除了德、奥的贵族以外，没有不高兴的。请提出几个交换的主义作个例证：

第一是黑暗的强权论消灭，光明的互助论发展。从陆谟克、达尔文等发明生物进化论后，就演出两种主义：一是说生物的进化全恃互竞，弱的竞不过，就被淘汰了，凡是存的都是强的，所以世界只有强权，没有公理；一是说生物的进化全恃互助，无论什么强，要是孤立了没有不失败的。但看地底发现的大鸟大兽的骨，它们生存时何尝不强，但久已灭种了；无论什么弱，要是合群互助，没有不能支持，但看蜂蚁也算比较的弱极了，现在全世界都有这两种动物。可见生物进化，恃互助不恃强权。此次大战，德国是强权论代表；协商国互相协商，抵抗德国，是互助论的代表。德国失败了，协商国胜利了。此后人人都信仰互助论，排斥强权论了。

第二是阴谋派消灭，正义派发展。德国从拿破仑时受军备限制，创为更番操练的方法，得了全国皆兵的效果：一战胜奥，再战胜法。这是已往时代，彼此都恃阴谋，不恃正义，自然阴谋程度较高的战胜了。但德国竟因此抱了个阴谋万能的迷信，遍布密探。凡德国人在他国做商人的，都负有侦探的义务。旅馆的侍者，菌圃的装置，是最著名的了。德国恃有此等侦探，把各国政策军备，都知道详细，随时密制那相当的大炮、潜艇、飞艇、飞机等。自以为所向无敌了，遂敢唾弃正义，斥条约为废纸，横行无忌。不意破坏比利时中立后，英国立刻与之宣战；宣告无限制潜艇政策后，美国又与之宣战；其他中立等国，也陆续加入协商国中。德国因寡助的缺点，空费了四十年的预备，终归失败。从此人人知道阴谋的时代早已过去，正义的力量真是万能了。

第三是武断主义消灭，平民主义发展。从美国独立、法国革命后，世界已增了许多共和国。国民虽知道共和国的幸福，然野心的政治家，很嫌他不便。他们看着各共和国中，法、美两国最大，但是这两国的军备都不及德国的强盛，两国的外交又不及俄国的活泼，遂杜撰一个开明专制的名词，说是“国际间存立的要素，全恃军备与外交。军备与外交，全恃武断的政府。此后世界全在德系、俄系的掌握，共和国的首领者法英美且站不住，别的更不容说了”。不意开战以后，俄国的战斗力乃远不及法国，转因外交狡猾的缘故，貌亲英、法，阴实亲德，激成国民的反动，推倒皇室，改为共和国了。德国虽然多挣了几年，现在因军事的失败，喝破国民崇拜皇室的迷信，也起革命，要改共和国了。法国是大战争的当冲，美国是最新的后援。共和国的军队，便是胜利的要素。法国、美国，都说是为正义人道而战，所以能结合十个协商国。自俄国外，虽受了德国种种的诱惑，从没有单独讲和的。共和国的外交，也是这一回胜利的要素。现在美总统提出的十四条，有限制军备、公开外交等项，就要把德系、俄系的政策根本取消。这就是武断主义的末日，平民主义的新纪元了。

第四是黑暗的种族偏见消灭，大同主义发展。野蛮人只知有自己的家族，见异族的人同禽兽一样，所以有食人的风俗。文化渐进，眼界渐宽，始有人类平等的观念，但是劣根性尚未消尽。德国人尤甚。他们看有色人种不能与白色人种平等，所以唱黄祸论，行铁拳政策，看犹太、波兰等民族不能与亚利安民族平等，所以限制他人权。彼等又看拉丁民族，盎格鲁撒逊民族又不能与日耳曼民族平等，所以唱“德意志超过一切”，想先管理全欧然后管理全世界。此次大战争，便是这等迷信酿成的。现今不是已经失败了么？更看协商国一方面，不但白种的各民族团结一致，便是黄人黑人也都加入战团，或尽力战争需要的工作。义务平等，所以权利也渐渐平等。如爱尔兰的自治，波兰的恢复，印度民权的伸张，美境黑人权利的提高，都已成了问题。美总统所提出的民族自决主义，更可包括一切。现今不是已占胜利了么？这岂不是大同主义发展的机会么？

世界的大势，已到这个程度，我们不能逃在这个世界以外，自然随大势而趋了。我希望国内持强权论的，崇拜武断主义的，好弄阴谋的，执着偏见想用一派势力统治全国的，都快快抛弃了这种黑暗主义，向光明方面去呵！

贫儿院与贫儿教育的关系[①]

1919 年 3 月 15 日

贫儿院的历史同成效，刘景山先生已讲得很详细了。鄙人对于贫儿院，有一种特别感想，并且有一种特别希望。所以看得这一次的募捐，比较别种慈善事业尤为重要。请与诸位男女来宾讲讲。

贫儿是没有受家庭教育的机会，所以到院。这原是他们的不幸。但鄙人对于家庭教育很有点怀疑。第一层：教育是专门的事业，不是人人能担任的。譬如诸位有一块美玉，要琢成佩件，必要请教玉工。又如有几两黄金，要炼成首饰，必要请教金工。断不是人人自作的。现在要把自家子女造成适当的人物，敢道比琢玉炼金容易，人人可以自任的么？第二层：有子女的人，不是人人有实行教育的时间。男子呢，莫不有一定职业，就每日有一定做工的时间。做工完毕了，还有奔走公益的，应酬亲友的，随意消

① 本文是蔡元培在北京青年会的演讲。

遣的。请问每日中有多少时间可以在家与他的子女相见？妇人呢，或是就职业，或是操家政，也有讲应酬好消遣的，请问每日中有多少时间可以专心对付他的子女？所以有钱的就把子女交给没有受过教育的仆婢，统统引诱坏了；没有钱的就听子女在家里胡闹，或在街上乱跑。父母闲暇了，高兴了，子女就有不好的事，也纵容他；忙不过来了，不高兴了，子女就有好的事，也瞎骂一阵，乱打几拳。这又是大多数父母的通病了。而且现在的家庭对于儿童可以算好的榜样么？正经的父母不知道儿童性情与成人大有不同，立了很严规矩，要儿童仿作，已经很不相宜了。还有大多数的父母夫妇的关系、兄弟妯娌的关系、姑嫂的关系、主仆的关系、亲戚邻居的关系，高兴了就开玩笑，讲别人的丑事；不高兴了，相骂相打。要是男子娶了妾，雇了许多男女仆，那就整日地演妒忌猜疑的事，甚且什么笑话都可以闹出来。这可以做儿童的榜样么？兼且成年的人爱看的书报与图画，爱听的笑话与鼓词，不免有不宜于儿童的，父母看了听了，可以不到儿童的耳目么？有许多儿童都是受了家庭不好的教育，进学校后很不容易改良。所以我对于家庭教育很有点怀疑。

我们古代的大教育家，要算是孔子、孟子。孔子有一个学生叫陈亢，疑孔子教训儿子总比教训学生有特别一点的。有一日问着孔子的儿子伯鱼。照伯鱼对答的：有一次遇见了他的父亲，问他学了诗没有。他说没有学。他的父亲就说了不学诗的短处。又有一次遇见了他的父亲，问他学了礼没有。他也说没有学。他的父亲就说了不学礼的短处。陈亢恍然大悟，知道君子是疏远他的儿子呢。孟子有一个学生，叫公孙丑，有一日问道："君子为什么不亲自教他的儿子?"孟子答道："办不到。教他必用正道。教了不听，必要怒。怒了便伤了父子的感情。万一儿子想着父亲教我的，他自己也还没有做到，这更是彼此互相责备，更坏了。所以古人用交换法把自己的儿子请别人教，反替别人教他的儿子呵。"照此看来，圣如孔子、贤如孟子，尚且不敢用家庭教育，何况平常人呢?

所以我的理想：一个地方必须于蒙养院与中小学校以外，有几个胎教院、几个乳儿院，都由专门的卫生家管理。胎教院的设备，如饮食、器具、花园、运动场、装饰的雕刻与图画、陈列的书报，都是有益于孕妇的身体与精神的。因为孕妇身体上受了损害，或精神上染了汗浊，都要害及胎儿的。乳儿院的设备，必须于乳儿的母亲身体上、精神上都是有益的。要是母亲有了疾病，或发了邪淫、愤怒、悲愁的感情，都是害及乳儿的。有了这种设备，不论哪个人家，要是妇人有了孕，便是进胎教院；生了子女，便迁到乳儿院。一年以后，小儿断乳，就送到蒙养院受教育，不用他的母亲照管。他的母亲就可以回家，操她的家政，或营她的职业了。

现在还没有这种组织，运动别人，别人也不肯信。我想先从贫儿院下手。要是贫儿院试办这种事情很有成效，那就可以推广到不贫的儿童了。这是我的第一种希望。

美国大教育家杜威博士，不久要来中国。他创了一种很新的教育主义，是即工即学，是要学校生活与社会生活密接。曾在雪卡哥大学附设的一个学校试验过，很有成效。我于民国元年在南京发表一篇《对于教育方针之意见》，曾于实利主义一节中介绍过。去年在天津青年会演讲《新教育与旧教育之歧点》，又介绍过一回。他的即工即学主义，是学生只需做工，一切学理就在做工的时候指点他，用不着什么教科书。我但用贫儿院已设的烹饪、裁缝、木器与地毡四项工作做个比例，就容易明白了。这四项的原料都是动植物，便可以讲生物学。这四项的工具都是矿物做成的，便可以讲矿物学、地质学。做这四项工作的时候，或用热度，或用手力，或用机械，或用电磁，就可以讲物理学。食物的调和，衣服的漂白与渲染，木器的油漆，都与化学有关，便可以讲化学。食物的分量，衣服的尺寸，木器各方面的比例，地毡与房屋的配合，各种原料与工具的购入，各种成绩品的出售，都要计算、记录，便可以讲数学与簿记法。指明原料出产的或成绩品出售的地方，比较各民族饮食、衣服、器具的异同，便可讲地理学与人类学。比较古今饮食、衣服、器具的异同，便可讲历史学。做工要勤，要谨慎，要有进步，要与同作的学生互相帮助。这四项工作以外，有休息，有共同的运动，又有洗濯食器与衣服、整理被褥、洒扫堂室、应对宾客等杂务，便可以讲卫生与修身。就食物的装置、衣服与器具的形式与色彩，可以讲美学与美术。就贫儿已往的苦痛，现在的安乐，将来的希望，也可以讲点哲学。把一切经过的情形，或教习的言语叫各人写出来，便可以练习国文或外国文。诸位看！照此办法还要用什么教科书么？还要聚了几十个学生在教室里面，各人对了一本书，听教习一句一句地呆讲么？但这种学校生活与社会生活密接的组织，不但我们中国人没有肯办的，就是办了，也怕没有人肯送他的子弟来。因为中国人现在还叫进学校作读书，要是到校以后，只有工作，没有读书，就一定不赞成了。现在贫儿院既有工作，何不把上午的读书省却，匀派在工作的时间，来试试杜威博士的新主义呢。要是试了有成效，就可以劝别的学校也来试试。这是我第二种的希望。

我国人不许男女间有朋友的关系，似乎承认“男女间只有恋爱的关系”，所以很严地防范他。既然有此承认，所以防范不到处，就容易闹笑话了。欧美人承认男女的交际，与单纯男子的或单纯女子的，完全一样。普通的交际与友谊的关系隔得颇远，友谊的关系与恋爱的关系，那就隔得更远了。他们男女间看了自己的人格同对面的人格，都非常尊重。而且为矫正从前轻视女子的恶习，交际上男子尤特别尊重女子，断不敢稍有轻率的举动。即如跳舞会是古代传下来的习惯，也是随时代进化，活泼中仍含着谨严的规则。不是为贫儿院筹款，曾在迎宾馆举行一次，诸君曾经参与的么？近来女权发展，又经了欧洲的大战争，从前男子的职业，一大半都靠女子来担任。此后男女间互助的关系，无论在何等方面，必与单纯男子方面或单纯女子方面一样。我们国里还能严守从前男女的界限，逆这世界大潮流么？但是改良男女的关系，必要有一个养成良习惯的地方，我以为最好是学校了。外国的小学与大学，没有不是男女同校的。美国的中学也是大多数男女同校。我们现在除国民小学外，还没有这种组织。若要试办，最好从贫儿院入手。院中男女生都有，但男生专做木工、毡工，女生专做烹饪、裁缝，划清界限，还不是男女同校的真精神。最好破除界限，不论何等工作，只要于生理上心理上相宜的，都可以自由选择，都可以让他们共同操作。要是试验了成绩很好，那就可以推行到别的学校了。

还有一层，中国的戏剧不许男女合演，用男子来假装女子，这是最不自然的。所以扭扭捏捏，不但演剧时不合女子的态度，反把平日间本人的气概都改变了。我不喜观旧剧，对于学生演新剧亦不大欢迎，就是为此。但现在男女尚不能同校，若要合男女学生试演新剧，学生的父母不是要大不答应的么？我以为此事也可由贫儿院先来试办。先就译本的西剧中，选几种悲剧来试演，演得纯熟了，要是开筹款会就可以演给来宾看看，不专靠现在男生的唱歌，女生的跳舞了。要是有几个学生演得很好，就可以作为改良戏剧的起点，不是很有关系么？

以上三端，都想借贫儿院试试男女共同操作的习惯，是我第三种的希望。

我有上述的特别感想与这三种希望，所以看得贫儿院非常重要。尤希望男女来宾竭力替他筹款，不但帮他维持，还要帮他发展呵！

欧战后之教育问题[1]

1919 年 3 月 29 日

鄙人今日承青年会诸先生之邀，来此讲演，适值大风扬尘，而诸先生仍惠然肯来，鄙人深感诸先生之盛意，尤恐无以副诸先生之望，谨先告罪。

今日演题为《欧战后之教育问题》，本青年会诸先生所预定。此番战争之后，世界各事无不有所改变，教育主义自不能不随之而改变。鄙人意见，以为战前教育偏于国家主义，战后教育必当偏于世界主义。即战前主持教育者，仅欲为本国家造成应用之人才。而战后主持教育者，在为世界养成适当之人物。此战前战后教育主义区别之点也。

请将各国战前教育主义之异点分别言之。

（一）军国民教育

军国民教育重在整齐、严肃，尤在服从。持此主义者，

---

① 本文是蔡元培在天津青年会的演讲。

常用军法部勒学生，而尤时时以尊爱王室之道德勉励之。可以德、日两国为代表。其中最特殊者，为德国大学之学生会。入此等会者，以贵族子弟为多。每会各有中古时遗传之制服及徽帜。初入会者，一切受旧会员之命令。及资格较老，则亦可以命令人，直与陆军学生之入联队相类，时时开会，狂饮啤酒，练习剑术。偶然甲会与乙会小有冲突，则各出选手，约期决斗，胸臂皆加保护，而露其面部，以面部受伤而倒地者为负。此等决斗，为警章所禁，然政府默许之。故德国大学生以面部多有伤痕为荣。其他平民子弟不加入贵族学生会，则相约而为自由学生会。不为酗酒击剑，而以研究学问、厉行公益为目的。乃政府反恐其接近社会党而时时干涉之。此可见军国民主义之缺点矣。

（二）绅士教育

绅士教育以养成一部分绅士为目的，所谓 Gentleman 是也。得以英国为代表。如剑桥、牛津诸大学，初不以科学为重，而在养绅士之态度，此其最著者。其他各种学校，亦多有此习惯。曾闻有中国留学生，出言偶失绅士体统，其友即与之绝交者。更闻有一中国官费女学生，因其冠不合时式，而受校长之责问者。其不自由如此。

（三）宗教教育

各教会所设学校均以传布教会势力为主旨，固不待言。即欧美政府，自法国而外，亦无不承认各学校有宗教一课。

如校中偶有异教徒之子弟，则许其不受此课，而家中别延本教之教员以授之。

（四）资本家教育

欧美各国虽定有义务教育年限，亦多不收学费，以图教育之普及，然此等制度以初等教育为限。其高等教育往往学费甚昂，非素封之家不能使其子弟受此等教育。于是高等教育遂为资本家所专有。而其教育又大抵偏重实利主义，几若人类为金钱而生活者。遂使拜金主义弥漫全国。美国其代表也。

又，各国教育之实况，城市教育每较乡村教育为优。男子教育每较女子教育为完美。又，一国中含有异民族者，则往往欲以一民族同化其他民族，而不许以其本族之语言施教育。如俄国之于芬兰人，德国之于波兰人，日本之于朝鲜人是也。是皆教育上之最不平等者也。

以上所举，均战前之状况也。既经此番大战，教育界实受莫大之教训。例如德之军国主义以全国人民为机械，而供野心家之利用。其始虽若无敌于天下，而卒以寡助之故，渐致失败。国中人民，亦渐悟政府之不良，起而革命。此后德国永无军国民主义之教育，固可断言。而和平会议中，且提议限制军备，废征兵制，则军国民教育之不能容于今日，可概见矣。英国于战争期内，所需受高等教育而有实际的技能之人，甚形不足。教育总长费休氏遂于 1917 年 1 月 14 日提出教育改革案，1918 年 8 月已由上、下两院通过。其主义在一面使下级人民之国民教育力求完全，一面又使下级人民之子弟得进而受高等教育。是即改绅士教育为平民教育之主义也。至于宗教教育，虽皆以平等、博爱为言，然其独尊已教，排斥他教之习惯，在昔既酿为战争，而浸入青年脑中，反与平等、博爱之义相违。且各教并列，其所根据者既超乎经验以上，不能以学理证明其是非，则宜循信仰自由原则，俟各人成年以后，自由选择；不宜对未成年之学生，而强以成人之所信仰者桎梏之。故法国已于1912年确定教育中不得参［搀］入宗教之律。而大战以后，瑞士教育家亦有此种提议。他日必将普及于各国，可无疑也。资本家教育之流弊，一方面促成贫富不平等之阶级，一方面激成社会革命之反动。而此等未受高等教育之平民，即畀以资产，亦不免因自由竞争而陷于劣败之境遇。故根本解决，宜从普及高等教育入手。战前如法国等，虽有平民大学之制，然究居少数，而其制亦未为完备。战后各国，鉴于俄、德两国之阶级战争，必将注意于此焉。

读美国全国教育会所提出教育革新基本计划，极言乡村教育之不可不与都市教育并重。吾友陶孟和君视察日本教育，谓近日趋势注重科学教育，提高女子教育。又如准民族自决主义，若波兰人、若捷克斯拉夫人均有自主教育之机会，则同化异民族主义之教育，亦必以渐减杀。是诚教育平等之好现象也。

虽然，平等者，破除阶级而绝非消灭个性。从前行阶级制度教育时，重在一级中绝对平等。如美国教育会所举德国教育之劣点，谓“平民学校中，专以种种仪节制度限止之，使养成其服从心、信仰心，与夫唯帝命是听之恶根性，……以轧制平民之生活、工作、知力，为一种物质的机械”，是其例也。既破坏阶级制度，则即当解放个人之束缚，而一任其自由发展。盖世界为有机的组织，有特长者不可强屈之以普通。世界有进化的原则，有天才者尤当利用之以为先导。此后新教育，必将渐改年级制而为选科制。又如美国普通学校之大组织与二重学年制，亦渐近选科制，而可以采用者也。

我国昔日之教育制度，多效德、日二国。故清季有“尚武”之条件，今军阀派所办学校，尚有专用军法部勒者。学校之中，苟有教会之人为教员，则往往诱导学生，使之皈依宗教。拘守旧学者，又欲定孔教为国教，以规定于学校教科之中。言义务教育，则初级者尚未普及，何论高等。言女子教育，则高等学校既不许男女同校，又不为女子特设。视各国战前之教育，尚远不逮。然则既受此大战之教训，鉴于各国教育界之革新，宜如何奋勉耶？

科学之修养[1]

1919年4月24日

鄙人前承贵校德育部之召，曾来校演讲；今又蒙修养会见召，敢述修养与科学之关系。

查修养之目的，在使人平日有一种操练，俾临事不致措置失宜。盖吾人平日遇事，常有计较之余暇，故能反复审虑，权其利害是非之轻重而定取舍。然若至仓促之间，事变横来，不容有审虑之余地，此时而欲使诱惑、困难不能隳其操守，非凭修养有素不可，此修养之所以不可缓也。

修养之道，在平日必有种种信条：无论其为宗教的或社会的，要不外使服膺者储蓄一种抵抗之力，遇事即可凭之以定抉择。如心所欲作而禁其不作，或心所不欲而强其必行，皆依于信条之力。此种信条，无论文明、野蛮民族均有之。然信条之起，乃由数千万年习惯所养成；及行之既久，必有不适之处，则怀疑之念渐兴，而信条之效力遂

① 本文是蔡元培在北京高等师范学校修养会的演讲。

失。此犹就其天然者言也。乃若古圣先贤之格言嘉训，虽属人造，要亦不外由时代经验归纳所得之公律，不能不随时代之变迁而易其内容。吾人今日所见为嘉言懿行者，在日后或成故纸；欲求其能常系人之信仰，实不可能。由是观之，则吾人之于修养，不可不研究其方法。在昔吾国哲人，如孔、孟、老、庄之属，均曾致力于修养，而宋、明儒者尤专力于此。然学者提倡虽力，卒不能使天下之人尽变为良善之士，可知修养亦无一定之必可恃者也。至于吾人居今日而言修养，则尤不能如往古道家之蛰影深山，不闻世事。盖今日社会愈进，世务愈繁。已入社会者，固不能舍此而他从；即未入社会之学校青年，亦必从事于种种学问，为将来入世之准备。其责任之繁重如是，故往往易为外务所缚，无精神休假之余地，常易使人生观陷于悲观厌世之域，而不得志之人为尤甚。其故即在现今社会与从前不同。欲补救此弊，须使人之精神有张有弛。如做事之后，必继之以睡眠，而精神之疲劳，亦必使有机会得以修养。此种团体之结合，尤为可喜之事。但鄙人以为修养之致力，不必专限于集会之时，即在平时课业中亦可利用其修养。故特标此题曰：“科学的修养”。

今即就贵会之修养法逐条说明，以证科学的修养法之可行。如贵会简章有“力行校训”一条，贵校校训为“诚勤勇爱”四字，此均可于科学中行之。如“诚”字之义，不但不欺人而已，亦必不可为他人所欺。盖受人之欺而不自知，转以此说复诏他人，其害与欺人者等也。是故吾人读古人之书，其中所言苟非亲身实验证明者，不可轻信；乃至极简单之事实，如一加二为三之数，亦必以实验证明之。夫实验之用最大者，莫如科学。譬如报纸纪事，臧否不一，每使人茫无适从。科学则不然。真是真非，丝毫不能移易。盖一能实验，而一不能实验故也。由此观之，科学之价值即在实验。是故欲力行“诚”字，非用科学的方法不可。

其次“勤”：凡实验之事，非一次所可了。盖吾人读古人之书而不慊于心，乃出之实验。然一次实验之结果，不能即断其必是，故必继之以再以三，使有数次实验之结果。如不误，则可以证古人之是否；如与古人之说相刺谬，则尤必详考其所以致误之因，而后可以下断案。凡此者反复推寻，不惮周详，可以养成勤劳之习惯。故“勤”之力行亦必依赖夫科学。

再次“勇”：勇敢之意义，固不仅限于为国捐躯、慷慨赴义之士，凡做一事，能排万难而达其目的者，皆可谓之勇。科学之事，困难最多。如古来科学家，往往因试验科学致丧其性命，如南北极及海底探险之类。又如新发明之学理，有与旧传之说不相容者，往往遭社会之迫害，如哥白尼、贾利来之惨祸。可见研究学问，亦非有勇敢性质不可；而勇敢性质，即可于科学中养成之。大抵勇敢性有二：其一发明新理之时，排去种种之困难阻碍；其二，即发明之后，敢于持论，不惧世俗之非笑。凡此二端，均由科学所养成。

再次“爱”：爱之范围有大小。在野蛮时代，仅知爱自己及与己最接近者，如家族之类。此外稍远者，辄生嫌忌之心。故食人之举，往往有焉。其后人智稍进，爱之范围渐扩，然犹不能举人我之见而悉除之。如今日欧洲大战，无论协约方面或德奥方面，均是己非人，互相仇视，欲求其爱之普及甚难。独至于学术方面则不然：一视同仁，无分畛域；平日虽属敌国，及至论学之时，苟所言中理，无有不降心相从者。可知学术之域内，其爱最溥。又人类嫉妒之心最盛，入主出奴，互为门户。然此亦仅限于文学耳；若科学，则均由实验及推理所得唯一真理，不容以私见变易一切。是故嫉妒之技无所施，而爱心容易养成焉。

以上所述，仅就力行校训一条引申其义。再阅简章，有静坐一项。此法本自道家传来。佛氏之坐禅，亦属此类。然历年既久，卒未普及社会；至今日日本之提倡此道者，纯以科学之理解释之。吾国如蒋竹庄先生亦然，所以信从者多，不移时而遍于各地。此亦修养之有赖于科学者也。

又如不饮酒、不吸烟二项，亦非得科学之助力不易使人服行。盖烟酒之嗜好，本由人无正当之娱乐，不得已用之以为消遣之具，积久遂成痼疾。至今日科学发达，娱乐之具日多，自不事此无益之消遣。如科学之问题，往往使人兴味加增，故不感疲劳而烟酒自无用矣。

今日所述，仅感想所及，约略陈之。唯宜注意者，鄙人非谓学生于正课科学之外，不必有特别之修养，不过正课之中，亦不妨兼事修养，俾修养之功，随时随地均能用力，久久纯熟，则遇事自不致措置失宜矣。

回任北大校长在全体学生欢迎会上的演讲

1919年9月20日

别来忽忽四个月，今日得与诸君相见，我心甚为愉快。但自我出京以后，诸君经了许多艰难危险的境遇；我卧病在乡，不能稍效斡旋维持的劳，实在抱歉得很。我以为诸君一定恨我骂我，要与我绝交了；不意我屡次辞职，诸君要求复职，我今勉强来了，与诸君相见，诸君又加以欢迎的名目，并陈极恳挚之欢迎词，真叫我感谢之余，惭愧得了不得。

诸君的爱国运动，事属既往，全国早有公论，我不必再加评论。唯我从别方面观察，觉得在这时期，看出诸君确有自治的能力、自动的精神，想诸君也能自信的。诸君但能在校中保持这种自治的能力，管理上就不成问题。能发展这种自动的精神，学问上除得几个积学的教员随时指导，有图书仪器足供参考试验外，没有什么别的需要。至于校长一职，简直可不必措意了。

诸君都知道，德国革命以前是很专制的，但是他的大学是极端的平民主义；他的校长与各科学长，都是每年更迭一次，由教授会公举的；他的校长，由四科教授迭任，如甲年所举是神学科教授，乙年所举是医学科教授，丙年所举是法学科教授，丁年所举是哲学科教授，周而复始，照此递推。诸君试想，一科的教授，当然与他科的学生很少关系；至于神学科教授，尤为他科的学生所讨厌的。但是他们按年轮举，全校学生，从没有为校长生问题的。这是何等精神呵！

我初到北京大学，就知道以前的办法是，一切校务都由校长与学监主任庶务主任少数人办理，并学长也没有与闻的，我以为不妥，所以第一步组织评议会，给多数教授的代表，议决立法方面的事；恢复学长权限，给他们分任行政方面的事。但校长与学长，仍是少数。所以第二步组织各门教授会，由各教授与所公举的教授会主任，分任教务。将来更要组织行政会议，把教务以外的事务，均取合议制。并要按事务性质，组织各种委员会，来研讨各种事务。照此办法，学校的内部，组织完备，无论何人来任校长，都不能任意办事。即使照德国办法，一年换一个校长，还成问题么？

这一次爱国运动，要是认定单纯的目的，到德约决不签字，曹、陆、章免职，便算目的达到，可以安心上课了。不幸牵入校长问题，又生出许多枝节，这不能不算是遗憾。

所望诸君此后，能保持自治的能力，发展自动的精神，并且深信大学组织，日臻稳固，不但一年换一个校长，就是一年换几个校长，对于诸君研究学问的目的，是绝无妨碍的。诸君不要再为校长的问题分心，这就不辜负我们今日的一番聚会了。

国文之将来[1]

1919 年 11 月 17 日

今日是贵校毛校长与国文部陈主任代表国文部诸君要我演说，我愿意把国文的问题提出来讨论，尤愿意把高等师范学校应当注意哪一种国文的问题提出来讨论，所以预拟了《国文之将来》的题目。

国文的问题，最重要的就是白话与文言的竞争。我想将来白话派一定占优胜的。

白话是用今人的话来传达今人的意思，是直接的。文言是用古人的话来传达今人的意思，是间接的。间接的传达，写的人与读的人都要费一番翻译的功夫，这是何苦来？我们偶然看见几个留学外国的人，写给本国人的信都用外国文，觉得很好笑。要是写给今人看的，偏用古人的话，不觉得好笑么？

从前的人，除了国文，可算是没有别的功课。从六岁

① 本文是蔡元培在北京女子高等师范学校的演讲。

起到二十岁，读的写的，都是古人的话，所以学得很像。现在应学的科学很多了，要不是把学国文的时间腾出来，怎么来得及呢？而且从前学国文的人是少数的，他的境遇，就多费一点时间，还不要紧。现在要全国的人都能写能读，哪能叫人人都费这许多时间呢？欧洲 16 世纪以前，写的读的都是拉丁文。后来学问的内容复杂了，文化的范围扩张了，没有许多时间来模仿古人的话，渐渐儿都用本国文了。他们的中学校，本来用希腊文、拉丁文做主要科目的。后来创设了一种中学，不用希腊文。后来又创设了一种中学，不用拉丁文了。日本维新的初年，出版的书多用汉文。到近来，几乎没有不是言文一致的。可见由间接的，趋向直接的，是无可抵抗的。我们怎么能抵抗他呢？

有人说：文言比白话有一种长处，就是简短，可以省写读的时间。但是脑子里翻译的时间，可以不算么？

有人说：文言是统一中国的利器，换了白话，就怕各地方用他本地的话，中国就分裂了。但是提倡白话的人，是要大家公用一种普通话，借着写的白话来统一各地方的话，并且用读音统一会所定的注音字母来帮助他，哪里会分裂呢？要说是靠文言来统一中国，那些大多数不通文言的人，岂不摒斥在统一以外么？

所以我敢断定白话派一定占优胜，但文言是否绝对地被排斥，尚是一个问题。照我的观察，将来应用文，一定全用白话。但美术文，或者有一部分仍用文言。

应用文，不过记载与说明两种作用。前的是要把所见的自然现象或社会经历给别人看，后的是要把所见的真伪善恶美丑的道理与别人讨论。都只要明白与确实，不必加新的色彩，所以宜于白话。譬如司马迁的《史记》，不是最有名的著作么？他记唐虞的事，把钦字都改作敬字，克字都改作能字，其余改的字很多，记古人的事，还要改用今字，难道记今人的事反要用古字么？又如六朝人喜作骈体文，但是译佛经的人，另创一种近似白话的文体，不过直译印度文与普通话不同罢了。后来禅宗的语录，就全用白话。宋儒也是如此。可见记载与说明应用白话，古人已经见到，将来的人，自然更知道了。

美术文，大约可分为诗歌、小说、剧本三类。小说从元朝起，多用白话。剧本，元时也有用白话的。现在新流行的白话剧，更不必说了。诗歌，如《击壤集》等，古人也用白话。现在有几个人能作很好的白话诗，可以料到将来是统统可以用白话的。但是美术有兼重内容的，如图画、造像等。也有专重形式的，如音乐、舞蹈、图画等。专重形式的美术，在乎支配均齐，节奏调适。旧式的五、七言律诗与骈文，音调铿锵，合乎调适的原则，对仗工整，合乎均齐的原则，在美术上不能说毫无价值。就是白话文盛行的时候，也许有特别传习的人。譬如我们现在通行的是楷书、行书，但是写八分的，写小篆的，写石鼓文或钟鼎文的，也未尝没有。将来文言的位置，也是这个样子。

至于高等师范的学生，是预备毕业后作师范学校与中学校的教习的。中学校的学生虽然也许读几篇美术文，但练习的文不外记载与说明两种。师范学校的学生是小学校教习的预备，小学校当然用白话文。照这么看起来，高等师范学校的国文，应该把白话文作为主要。至于文言的美术文，应作为随意科，就不必人人都学了。

义务与权利[1]

1919 年 12 月 7 日

贵校成立，于兹十载，毕业生之服务于社会者，甚有声誉，鄙人甚所钦佩。今日承方校长嘱以演讲，鄙人以诸君在此受教，是诸君的权利，而毕业以后即当任若干年教员，即诸君之义务，故愿为诸君说义务与权利之关系。

权利者，为所有权、自卫权等，凡有利于己者，皆属之。义务则几尽吾力而有益于社会者皆属之。

普通之见，每以两者为互相对峙，以为既尽某种义务，则可以要求某种权利，既享某种权利，则不可不尽某种义务。如买卖然，货物与金钱，其值相当是也。然社会上每有例外之状况，两者或不能兼得，则势必偏重其一。如杨朱为我，不肯拔一毛以利天下；德国之斯梯纳及尼采等，主张唯我独尊，而以利他主义为奴隶之道德。此偏重权利之说也。墨子之道，节用而兼爱。孟子曰：生与义不可得

① 本文是蔡元培在北京女子师范学校的演讲。

兼，舍生而取义。此偏重义务之说也。今欲比较两者之轻重，以三者为衡。

（一）以意识之程度衡之

下等动物，求食物，卫生命，权利之意识已具。而互助之行为，则于较为高等之动物始见之。昆虫之中，蜂、蚁最为进化。其中雄者能传种而不能做工。传种既毕，则工蜂、工蚁刺杀之，以其义务无可再尽，即不认其有何等权利也。人之初生，即知吮乳，稍长则饥而求食，寒而求衣，权利之意义具，而义务之意识未萌。及其长也，始知有对于权利之义务。且进而有公而忘私、国而忘家之意识。是权利之意识，较为幼稚；而义务之意识，较为高尚也。

（二）以范围之广狭衡之

无论何种权利，享受者以一身为限；至于义务，则如振兴实业、推行教育之类，享其利益者，其人数可以无限。是权利之范围狭，而义务之范围广也。

（三）以时效之久暂衡之

无论何种权利，享受者以一生为限。即如名誉，虽未尝不可认为权利之一种，而其人既死，则名誉虽存，而所含个人权利之性质，不得不随之而消灭。至于义务，如禹之治水，雷绥佛之凿苏彝士河，汽机、电机之发明，文学家、美术家之著作，则其人虽死，而效力常存。是权利之时效短，而义务之时效长也。

由是观之，权利轻而义务重。且人类实为义务而生存。例如人有子女，即生命之派分，似即生命权之一部。然除孝养父母之旧法而外，曾何权利之可言？至于今日，父母已无责备子女以孝养之权利，而饮食之，教诲之，乃为父母不可逃之义务。且列子称愚公之移山也，曰："虽我之死，有子存焉。子又生孙，孙又生子，子子孙孙，无穷匮也，而山不加增，何苦而不平？"虽为寓言，实含至理。盖人之所以有子孙者为夫生年有尽而义务无穷；不得不以子孙为延续生命之方法，而于权利无关。是即人之生存，为义务而不为权利之证也。

唯人之生存，既为义务，则何以又有权利？曰：盖义务者在有身，而所以保持此身，使有以尽义务者，曰权利。如汽燃机，非有燃料，则不能做工，权利者，人身之燃料也。故义务为主，而权利为从。

义务为主，则以多为贵，故人不可以不勤；权利为从，则适可而止，故人不可以不俭。至于捐所有财产，以助文化之发展，或冒生命之危险，而探南北极、试航空术，则皆可为善尽义务者。其他若厌世而自杀，实为放弃义务之行为，故伦理学家常非之。然若其人既自知无再尽义务之能力，而坐享权利，或反以其特别之疾病若罪恶，贻害于社会，则以自由意志而决然自杀，亦有可谅者。独身主义亦然，与谓为放弃权利，毋宁谓为放弃义务。然若有重大之义务，将竭毕生之精力以达之，而不愿为家室所累；又或自忖体魄，在优种学上者不适于遗传之理由，而决然抱独身主义，亦有未可厚非者。

今欲进而言诸君之义务矣。闻诸君中颇有以毕业后必尽教员之义务为苦者。然此等义务，实为校章所定。诸君入校之初，即承认此校章矣。若于校中既享有种种之权利，而竟放弃其义务，如负债不偿然，于心安乎？毕业以后，固亦有因结婚之故，而家务、校务不能兼顾者。然胡彬夏女士不云乎："女子尽力社会之暇，能整理家事，斯为可贵。"是在善于调度而已。我国家庭之状况，烦琐已极，诚有使人应接不暇之苦。然使改良组织，日就简单，亦未尝不可分出时间，以服务于社会。又或约集同志，组织公育儿童之可在诸君机关，使有终身从事教育之机会，亦无不勉之而已。

发展个性　涵养同情心[①]

1920年4月15日

前几天看到贵校办的图书阅览所和通俗讲演所，我就觉到这是受杜威先生学说的影响。今天开成立会的《教育与社会》杂志社，想必亦是受着杜威先生的影响，因为他的教育主义即在学校和社会打成一片。方才杜先生所讲的，本他平日所主张的实验主义，事事从脚踏实地做去，很可以供诸君的参考。我是无话可说，只有把老生常谈再谈一回。

贵杂志的宗旨是，改造社会，先改造教育。照此看来，定是现在教育不行，才去改造的。但是现在教育不行之点是什么呢？依我看来，现在教育不脱科举时代之精神。科举时代的教育，不过得一个便利机会，养成一己的才具，此外都不管了。改立学校以后，一般人对于学校的观念，

① 本文是蔡元培在北京高等师范学校教育与社会社的演讲。标题为编者所拟。

仍复如此。教育既无改革，社会上一切事业，都是一仍旧贯。因此这种教育不能不改造的。

从“改造教育去改造社会”这句话而论，有两种解说。第一改造教育，以改造将来社会。就是学校里养成一种人才，将来进社会做事。比如现在的国民学校的学生，预备将来做国民；现在的师范生，将来做教师；诸如此类，不必遍举。第二改造教育同时改造社会，就是学生或教员一方面讲学问，一方面效力社会。以前教育，注重第一层，做教员的专门教书，学生专门念书。这几年来尤以去年5月到现在为最，趋重到第二层。学校教育同时影响到社会。杜威先生的教育主张，就是如此。现在各学校创立平民学校、讲演所等等，都是学生在校即效力社会的表现。

从教育着手，去改造社会，改造之点，繁不胜举。但是简单说来，可以归到教育调查会定的两句话：“养成健全人格，提倡共和精神。”社会的各分子都具有健全人格，此外复有何求？所以第二句话离不了第一句话。所谓健全人格，分为德育、体育、知育、美育四项。换言之，和自由、平等、博爱的意思亦相契合的。都能自由平等，都能博爱互助，共和精神亦发展了。

现在社会上不自由，有两种缘故：一种人不许别人自由，自己有所凭借，剥夺别人自由，因此有奴隶制度、阶级制度。又有一种人甘心不自由，自己被人束缚，不以为束缚，甘心忍受束缚。这种甘心不自由的人，自己得不到自由，而且最喜剥夺别人自由，压制别人自由，所以不能博爱，不能互助，因此社会上亦不平等不安稳了。倘能全国人都想自由，一方面自己爱自由，一方面助人爱自由，那么国事绝不至于如此。要培养爱自由、好平等、尚博爱的人，在教育上不可不注重发展个性和涵养同情心两点。

论到发展个性一层，现在学校中行分年级制度，不论个性如何，总使读满几年，方能毕业，很不适当。因此有人訾学校不如书塾书院。最显而易见的就是国文。我人虽可反驳訾者说学校中科目太多，且教法亦不同，但学校确有不及书院之点。我们知道以前书院院长，或擅长文学，从其学者，能文者辈出；或长经学与小学，从其学者，莫不感化。因为院长以此为毕生事业，院内尚自由研究，故能自由发展。现在学校内科目繁多，无研究余地。所以有人竭力提倡废止年级制，行选科制。又有人如胡适之先生，提倡纯粹自由学校，无一定校所，无上课形式，欲学某科，找得精于某科者为导师，由导师指定数种书籍，自由研究，质疑问难而已。我想这样办法，比现行年级制、划一制可以发展个性。

同情心就是看到别人感受的事情，和自己的一样，彼此休戚相关，互相谅解。所以现行考试制度，最与此点背驰。为争名次之高下、分数之多寡，使同情心日减，嫉妒心大增。同学之间，不肯相互研究。竟有得一参考书籍，秘不告人，以为唯我独知，可以夺得第一，可笑之至。这种考试制度，受科举余毒，有碍同情心，应得改良的。又如体育，本属很平常之事，应有健全之体格，方能从事各种事业，苟能了解此点，无不乐为的。乃竟盛行比赛运动，以为奖励体育，养成抑人我胜之观念，并且造成运动员阶级。这都是抑却同情心的。所以自去年到现在，学生运动，在一校内，往往发生冲突。如甲揭条示攻乙，乙揭条示讦丙。又如此地学生，责备彼地学生，不能援助，彼地学生亦然。其实向同一目的去运动，正宜互相了解，发生同情。攻讦责备，都是无谓。因此可见学校中涵养同情心一层，尚欠注意。

教育改造之点很多，我以为上述二层，发展个性，涵养同情心，要更加注意。

如何提倡国语[①]

1920年6月13日

为什么要有国语？一是对于国外的防御，一是求国内的统一。现在世界主义渐盛，似无国外防御的必要，但我们是弱国，且有强邻，不能不注意。国内的不统一，如省界，如南北的界，都是受方言的影响。

也有人说："我们语言虽然不统一，文字是统一的。"但言文不一致的流弊很多。

用哪一种语言作国语？有人主张北京话。但北京也有许多土语，不是大多数通行的。有主张用汉口话的（章太炎）。有主张用河南话的，说洛阳是全国的中心点。有主张用南京话的，说是现在的普通话，就是南京话，俗语有"蓝青官话"的成语，蓝青就是南京。也有主张用广东话的，说是广东话声音比较的多。但我们现在还没有一种方言比较表，可以指出哪一地方的话是确占大多数，就不能

① 本文是蔡元培在国语讲习所的演讲。标题为编者所拟。

武断用哪一地方的。且标准地方最易起争执，即如北京现为都城，以地方论，比较地可占势力，但首都的话，不能一定有国语的资格。德国的语言，是以汉堡一带为准，柏林话算是土话。北京话没有入，是必受大多数反对的。所以国语的标准绝不能指定一种方言，还是用吴稚晖先生“近文的语”作标准，更妥当一点。现在通行的白话文，就是这一体。

提倡国语的次序我们想造成一种国语，从哪里下手呢？第一是语音，第二是语法，第三是国语的文章。

语音近三十年有许多人造简字，或仿日本假名，或仿欧洲速记法。最流行的，要算是王照君的字母，但同时并立的很多。民国元年，教育部特地开了一个读音统一会，议定注音字母三十九个。在我个人意见：国音标记，最好是两种方法：一是完全革新的，就是仍用拉丁字母，从前教会中人已经用过了。日本也有这一种拼音法。一是为接近古音起见，简直用形声字上声的偏旁，来替代一切合体的字，大约至多用一千字，也就足了。第一法是有许多人主张的。第二法是我的私见，因为用这种方法，教授时有的便利，可以从古篆学起，学一字就懂得这个字所以这样写法。又许多字所以同一个音，觉得很有趣味，一定容易记得。但后来读音统一会议定的，却是这两法中间的一法。既然经过什么正式的会议议决的，比较地容纳多数意见，总胜于私人闭门造车的了。这三十九字母虽然以北音为主，但是有入声有浊音，可算是南北音都有的。他所收不进的音，还可以加闰音，这也算是便当了。

这些字母所以名“注音字母”的缘故，是不许独立的。

因为中国异义同音的字太多，怕得容易含混。但既然有了简字，还要人人学那很复杂的字，也是不合人情，只要在不致误会的范围内去行用，也是自然而然的。现在如国语统一筹备会所议定“词的区号”，曾彝进君设旗语时所加偏旁的记号，左贯文君、钱玄同君所研究旧字的省笔，都是救济的方法。

我想现在先可应用在译名上。欧文的固有名词，向来用旧字译的，很繁很不划一，若照日本人用假名译西音的办法，规定用国音某字母代西文某字母；有缺的，在音近的字母上加一点做记号，如国语统一筹备会所议决乙母加“,”读若厄的办法，是最便当不过的了。

这种办法不必经部定的手续，也不必公约，尽可自由试验。我若译音，一定要用这个方法，但附一个国音简字与西文字母的对照表，就比许多中国字的译名，或直写西文，或于中文译名下又注西文的，都简便一点。

语法。中国人本来不大讲文法，古文的文法，就是《马氏文通》一部。白话的文法，现在还没有成书的。但是白话的文法，比古文简一点儿，比西文更简一点儿。懂得古文法的人，应用它在国语上，不怕不够；懂得西文法的人，应用它在国语上，更不患不够。先讲词品，西文的冠词、名词、代名词与静词，都分阴阳中三性；一多两数。我们的语言是除了代名词有一多的分别外，其他是没有这种分别的。近来有人对于第三位的代名词，一定要分别，有用“她”字的，有用“伊”字的，但是我觉得这种分别的确是没有必要。譬如说一男一女的事，如用“他”字与“她”字才分别他们，固然恰好，若遇着两男或两女的，这种分别还有什么用呢？欧语的数词，十三到十九，单数都在十数前。二十一起，英、法是单数在十数后，德语仍是单数在前，但是百数仍在十数后，千数仍在百数后，就不一律了。最奇怪的，法文从七十起，没有独立的名，七十就叫六十同十，七十一、七十二等等就叫六十同十一、六十同十二等等；到了八十，就叫作四个二十；到了九十一、九十二，就叫作四个二十同十一、四个二十同十二等等。何等累赘！我们所用的数词，一切都按着十进，简便多了。静词的级数，动词的时间，只要加上更、最，或已、将等字，没有词尾变化。句法止主词在前，宾词在后，语词在中间，差不多没有例外。文言上还有倒句，如“尔无我诈，我无尔虞”等。语言并这个都没有。要是动词在名词后，定要加一个将字在名词前，仿佛日本话的远字，西文的有字。又文言中天圆地方、山高水长等等，名词与静词间不加字，在白话上总有一个是字，与西文相像。胡君适之曾作《国语的进化》一篇，载在第七卷第三号的《新青年》上，很举了几种白话胜过文言的例。听说他著的《国语法》，不久可以出版，一定可以作语法的标准。

语体文。文章的开始，必是语体；后来为要便于记诵，变作整齐的句读、抑扬的音韵，这就是文言了。古人没有印刷，抄写也苦繁重，不得不然。孔子说言之不文，行而不远，就是这个缘故。但是这种句读、音调，是与人类审美的性情相投的，所以愈演愈精，一直到六朝人骈文，算是登峰造极了。物极必反，有韩昌黎柳柳州等提倡古文，这也算文学上一次革命，与欧洲的文艺中兴一样。看韩柳的传志，很看得出表示特性的眼光与手段，比东汉到唐朝的碑文，进步得多了。这一次进步，仿佛由图案画进为实物画山水画的样子：从前是拘定均齐节奏，与颜色的映照，现在不拘于此等，要按着实物、实景来安排了。但是这种文体，传到宋元时代，又觉得与人类的心情不能适应，所以又有《水浒》《三国演义》等语体小说与演义。罗贯中的思想与所描写的模范人物，虽然不见得高妙，但把他所描写的，同陈承祚的原文或裴注所引的各书对照，觉得他的文体是显豁得多。把《水浒》同唐人的文言小说比较，那描写的技能，更显出大有进步。这仿佛西洋美术，从古典主义进到写实主义的样子：绘影绘光，不像从前单写通式的习惯了。但是许多语体小说里面，要算《石头记》是第一部。它的成书总在二百年以前。它反对父母强制的婚姻，主张自由结婚；它那表面上反对肉欲，提倡真挚的爱情，又用悲剧的哲学的思想来打破爱情的缠缚；它反对禄蠹，提倡纯粹美感的文学；它反对历代阳尊阴卑、男尊女卑的习惯，说男污女洁，且说女子嫁了男人，沾染男人的习气，就坏了；它反对主奴的分别，贵公子与奴婢平等相待；它反对富贵人家的生活，提倡庄稼人的生活；它反对厚貌深情，赞成天真烂漫；它描写鬼怪，都从迷信的心理上描写，自己却立在迷信的外面。照这几层看来，它的价值已经了不得了。这种表面的长处还都是假象。它实在把前清康熙朝的种种伤心惨目的事实，寄托在香草美人的文字，所以说“满纸荒唐言，一把酸心泪”。它还把当时许多琐碎的事，都改变面目，穿插在里面。这是何等才情！何等笔力！我看过的书，只有德国第一诗人鞠台所著的《缶斯脱》[1]（*Faust*）可与比拟。《缶斯脱》是鞠台费了六十余年的光阴慢慢儿著成的。表面上也讲爱情，讲宗教，讲思想行为的变迁，里面寄托他的文化观、宇宙观。成书后到此刻是九十年了，注释的已经有数十家。大学文学科教授，差不多都有讲这个剧本的讲义，还没有定论。不是与我们那些《红楼梦》索隐、释真等等纷杂相像么？《石头记》是北京话，虽不能算是折中的语体，但是它在文学上的价值，是没有别的书比得上它，又是我平日间研究过的，所以特别地介绍一回。

---

① 《缶斯脱》：即《浮士德》，是德国作家歌德创作的一部长达12111行的诗剧。

北大第二十三年开学日演讲

1920 年 9 月 16 日

今日为北京大学第二十三年开学日。回溯去年开学时候，这一年中很有几件重要的事情。我在去年开学时说过："我希望本校以诸教授为各种办事机关的中心点，不要因校长一人的去留使学校大受影响。"但那时已经组织的唯有评议会、教授会与教务会议。一年以来，行政会议与各种委员会均已次第成立。就中如组织委员会、聘任委员会、预算委员会、图书委员会等，都已经办得很有成效，与从前学长制时代大不相同。其余若仪器委员会、审计委员会等，也想积极进行。我们敢信这种新组织试办得很有效果，可以继续办下去。日内就要呈教育部，请他承认。

一年以来，觉得学生方面近来很有觉悟：把从前硬记讲义、骗文凭的陋见渐渐儿打破了，知道专研学术是学生的天职。本校也就循这种方针定了几种办法：

（一）不专叫学生在讲堂上听讲，要留出多少时间，让他自己去研究。把课程表从新整理一番，把几种不要紧的功课、可以让学生自修的，减去了。又预备特筹经费，扩张图书馆。

（二）本校所办的研究所，本为已毕业与将毕业诸生专精研究起见；但各系分设，觉得散漫一点，所以有几系竟一点没有成绩。现在改组为四大部，集中人才，加添设备，当能有点进步。

（三）从前中国研究纯粹科学的人本来不多，不能不假借一点。譬如，请矿物学者讲地质学，请农学者讲生物学或博物学，都是不得已。现在，专门的学者渐渐多了，我们此后聘任教员，总要请专门的，并要请愿意委身教育、不肯兼营他事的。这一学期，已经请到几位，我将为诸君介绍。

（四）除了各种学科必须专门学者而又热心教育的担任外，如有名人讲演的机会，我们也不肯放过。杜威先生已经是请来讲过多少次。从今年起，还要请他留华一年，在本校讲授。法国的社会学者来维勃吕尔先生、数学者班乐卫先生，均不能久留，只能请他讲一二次。英国的罗素先生、德国的爱因斯坦先生，不久都要来华，我们一定也要请他讲演。这种世界著名学者的著作，我们固然可以阅览，但亲听了他讲演以后，更可引起研究的兴味。

以上各种设施，都是为便于学生研究学问起见；但学生一年以来，不但有研究学术的兴趣，兼且有服务社会的热诚，这也是可喜的事。须知服务社会的能力，仍是以学问作基础，仍不能不归宿于切实用功。还有一层，望大家厉行自治。诸君多有尽力于平民夜校与平民讲演的，就要能够以身作则。去年以来，尊重人格的观念，固然较从前为发达，然试各自检点，果能毫无愧怍么？以后望注意“自治”二字，人人能管理自己，同学能互相管理，不要如从前样子，定要学监、舍监等来管才好。

今日我所报告的与希望的，不过如此。不日我就要到法国去，我本来预备 7 月就去，后来因为有事，改在 10 月。本校的新组织既然完全成立，我暂时离校，没有什么不放心。关于校务，拟暂请蒋梦麟先生代理。今天就乘此机会，与诸君作别。

论国文的趋势及国文与外国语及科学的关系[1]

1920年10月

今天承诸君邀来演讲，但是这几日很忙，没有时间预备，恐怕说来没有系统，先请诸君原谅。

今日既是国文学会开会，我提出三个问题：第一，高等师范国文部的国文是什么性质？第二，国文和外国文有什么关系？第三，国文和各科学有什么关系？

国文分二种：一种实用文，在没有开化的时候，因生活上的必要发生的；一种美术文，没有生活上的必要，可是文明时候不能不有的。

实用文又分两种：一种是说明的。譬如对于一样道理，我的见解与人不同，我就发表出来，好给大家知道。或者遇见一件事情，大家讨论讨论，求一个较好的办法。或者有一种道理，我已知道，别人还有不知道的，因用文章发

① 本文是蔡元培在北京高等师范学校国文部的演讲。

表出来，如学校的讲义就是。一种是叙述的。譬如自然界及社会的现象，我已见到，他人还没有见到的，因用文章叙述出来，如科学的记述，和一切记事的文章皆是。

美术文又分两种：一种有情的，一种无情的。有情的文章，是自然而然。野蛮人唱的歌，有自然的音调，同说话截然不同，并且混了多少比喻形容的词，绝不能拿逻辑去范围它的。后来慢慢发达，就变作诗词曲等等了。无情的又分数种：一种是客套的。我和那个人实在没有什么感情，可是在同一社会，不能不表示同情。如初遇见一个人，不能不说几句客气话。遇见人家有婚丧的事，不能不贺吊几句。中国尺牍上什么“辰维……”“敬请……”等等，就是此类。一种是卖钱的，如寿序、墓志铭等，作的人同那生的、死的都没有什么关系，可是为自己生活问题，不能不说几句好话。蔡中郎、韩昌黎和现代古文大家的文集里，就有许多是这类的文章。又如书契师爷的笔墨，也是此类。一种是技巧的。作一篇文章，满纸的奇字奥句，故意叫人不认得，不理会。我听人说：有人作文章，作好了以后，拿《说文》上本字去改它。我有一时作八股文，很喜欢用《经传释词》上的古字，《古书疑义举例》上的古句，好像同人开玩笑一样。又譬如作“五言八韵”的律诗，故意用些不容易对的联子取巧，其实一句同一句全不相联。如“月到中秋分外明”，只许用一个“月”，一个“中秋”，又拉了多少“月”和“中秋”的典故填进去。又譬如诗钟，出一个“粉笔”和“袁世凯”，一个“菊”字和一个“静”字，或则分咏，或则嵌字。这种并不是应酬文章，实在不过一种技巧。好像象牙上刻得很精细的花纹，或者一个图章上刻一篇《兰亭序》，实在没有什么好看，不过知道它不容易就是了。

以上所说种种，哪一种合于高等师范国文部的国文性质呢？国文部的毕业生，是教中学校或师范学校学生的，这些学生若是专要做文学家的，我们就教他有情的美术文。若是要做技巧家的，我们就教他技巧的文章。若是要学文章卖钱的，我们就教他谀墓文怎么做，寿序怎么做。可是这些学生都是研究学问的，是将来到社会上做事的，因研究学问的必要，社会生活上的必要，我们不能不教他实用文。

学生的国文既应以实用为主，可是文体应该用白话呢？或则用文言呢？有许多原因，我们不能不主张白话。

譬如现在作一篇寿序，自然要做文言，并且要作骈文才好，不然就觉得不容易敷衍了。若是要发表自己的思想，叙述科学的现象，那就是白话有什么不可呢？吴稚晖先生说："文言比白话容易。白话一定要联络，要有条理。若文言，因有一种读惯的腔调，只要读得顺口，便有一种魔力，把似是而非韵都觉得是了。"譬如"五言八韵"的试帖诗，可以说是不通的文章；但是我们接着"仄仄平平仄，平平仄仄平"的念去，不觉不通了。又譬如用人名对人名，颜色对颜色的文章，好像美术上图案一样。我们撇兰画竹，不能一笔挨一笔，或者二三笔相同。若是图案就不然，如窗户两扇，一定相同；这边有一盆花，那边一定也要一盆花。北方糊房子的花纸，外国制的地毯，不都是重复的么？从前有一个考试的笑话：一篇文章，从头至尾，都写"之"字。图案的文章，就同这个差不多，所以它没有内容。若是我们要发表自己的意见，叙述科学的现象，那自然不能用没有内容的图案文章了。

并且文学用白话，不是现在中国才发生的。欧洲 16 世纪以前，都用拉丁文。就是主张实用科学的培根，也还用拉丁文著书，其他可想而知了。从宗教改革时代，路德等用国语翻译《新旧约》，后来又有多数国民文学家主张国民文学，便一概用国语了。又如德国 18 世纪以前，崇尚法语，几乎不认德语有文学上的价值，后来雷兴等提倡德语著书，居然自成一种文学了。所以现在科学，就只有动植物、医术上的名词是拉丁文，其余一概不用。我们中国文言，同拉丁文一样，所以我们不能不改用白话。即如我们中国的司马迁，是人人很崇拜的。假使现在有一个司马迁，人就佩服得了不得。可是他作《史记》，不抄袭《尚书》，《尚书》上“钦”字他改作“敬”，“克”字他改作“能”，又改了他的句调。因为他作《史记》是给当时人看的，所以一定要改作当时的白话。后来如程、朱、陆、王的语录，完全用白话，不像扬雄模仿《论语》的样子。因为白话实在能够发表他自己正确的意见。又如后来施耐庵的《水浒》、曹雪芹的《红楼梦》，都不模仿唐人小说，可是它的价值还是不错。所以我们现在不必模仿古文，亦不必作那种图案的文章；凡是记述说明，必要用白话才对。虽现在白话的组织不完全，可是我们绝不可错了这个趋势。现在高等师范联合会通过“用国语”一条，这边高师亦有国语班，听说教育部决定中学国文兼采白话文。将来白话文的发达，很有希望了。

第二问题，是国文和外国文的关系。严又陵作《天演论》的序，曾说道："英国名学家穆勒·约翰有言：欲考一国之文字、语言，而能见其理极，非谙晓数国之文字、语言者不能也。"这可见研究外国语，是很有益于国文的。治国文的人，不能不研究文字源流。试问文字都是从简单的起，为什么"一""二""三"的古文，反作"弌""弍""弎"呢？我从前也很不明白，后来在法国贝尔惹所著的《古代文字史》中看见秘鲁的绳文，才恍然大悟。他摹了两种绳文：一是在一根木棍上挂了许多平行的绳子。其中几根是有结的，结有大有小。我国《易经》说："上古结绳而治。"郑康成的注，说是"大事大结其绳，小事小结其绳"，就是这个绳文的样子了。一是在一根带着粗枝的木棍上挂了许多丝束。丝有红、黄、蓝、绿、紫各种颜色，也有一束中用两种颜色的。有挂在棍上的，也有挂在枝上的。这带着粗枝的木棍，我们叫作"弋"。"弌""弍""弎"等字，就是弋上挂一束、两束、三束的样子，这就是我国的绳文。那时候或者也有画到十几束的，和秘鲁一样。但流传到许叔重时代，只有这三个，所以"四"字下只有古文"卯"和籀文"亖"，便没有从"弋"的了。又如治国文的人，不能不研究文法。但是国文的第一部文法书，便是二十年前马眉叔先生著的《文通》，以前是没有的。马先生因学了法文和拉丁文，把那种文法应用在国文上，才能著这《文通》。要是学国文的人永远不学外国文，怕就永远没有文法书。这不是国文和外国文很有密切的关系么？

第三问题，是国文和科学的关系。我知道高等师范学校，除国文和外国语外，尚有史地、数理、化学、博物等部，这都是科学，都是和国文有重要关系的。我不是说实用文有记述和说明两种么？记述什么？就是科学的现象。说明什么？就是科学的理论。照旧法学国文的人，若是单读几本《唐宋八大家文钞》，便只能作几篇空架子的文。要是多读了《史记》一类的史书，《水经注》一类的地理书，《周髀》一类的数学书，《考工记》一类的理学书，《尔雅》释草、木、鸟、兽、虫、鱼等篇和《本草纲目》一类的博物书，便能作内容丰富的文了。何况新出的科学书和研究科学的方法，比古书丰富得多，岂不更有益于国文么？况科学的作用，不但可以扩充国文的内容，并且可以锻炼国文家的头脑。近代文学家查拉（Zola）主张科学的文学，他因为科学本有两种：一是观察的，如星学等；一是实验的，如化学等。而断定文艺的性质，与实验的科学一样。又如英国最有名的文学家，是莎士比亚（Shakespeare），但有人考出，这些戏剧，全是实验哲学家培根（Francis Bacon）作的。德国最有名的文学家，是鞠台（Goethe），他是治哲学和植物学、动物学、发明生物进化公例的。文学和科学的关系，不是很有证据么？

高等师范学校分了国文、外国语、科学等部，是分工的意义，也是通力合作的意义。既不是互有高下，譬如眼、耳、鼻、舌，各有各的能力，血脉自相贯通，价值也是平等。若说会了国文，就可以菲薄外国文和科学，难道有了眼，就可以菲薄耳、鼻、舌么？我想国文部诸君必不如此，我不过说个笑话罢了。

《法政学报》周年纪念会演讲

1920 年 10 月

今天是贵校《法政学报》周年纪念会，承王校长及学报诸同人招来演说。兄弟对于法政学问本外行，但对于《法政学报》一年的成绩，颇有感想。

兄弟将贵报第一期翻阅，见刘先生及高先生的发刊词，都是对于社会上看不起法政学生发出一番感慨。社会上所以看不起法政学生，也有缘故的，但观一年来的《法政学报》，也可以去从前的病根了。

社会上所以看不起法政学生的是为什么？中国自维新以来，知道要取法外国，于是派留学生、办学校，以求栽培人才。那时候到日本学法政的很多，有大部分是入私立学校或入速成科，并不认真求学，甚有绝不到学校，也不读书，在日本过了多少时候，就买一张文凭回国了。中国新设的法政学校，也不知多少，大半不是认真教授，不过为谋私利而已。这种法政毕业生，既买得新招牌，便自以为很有本领。而中国因为从前法政之腐败，也以为应该用新学生。哪晓得这般新学生，腐败一如旧官僚，加之学得外国钻营的新法，就变为“双料官僚”。因此之故，所以社会上大家就看不起他。

人在社会上，大抵有三类阶级：第一，尽力多而报酬少的。这是最好的人，自然人人都欢迎他。第二，尽力与受报酬相当的。这也算是中等好人。第三，尽力少或未尝尽力（能力少或全无能力）而受报酬多的。这是最下等。譬如有人向一书店买书，所出之价，比预想应出之价低(以较少的报酬得较大的效用)，自然很欢喜；若所出之价，虽不比预想应出之价低，但是那店子却很老实，定价划一不二，东西买错也是可以换的，这个店铺当然可以得信用；如果那店家专卖假货，或假冒招牌，像那假冒王麻子的，或映射王麻子的汪麻子、旺麻子，谁肯相信他。从前那些糊里糊涂的法政学生，并没有一点真实学问，却要在社会上占优胜的地位，那就和假冒王麻子招牌去图高价一样，就是对于社会不尽劳力而要受报酬多的人，当然人人看不起他。千万法政学生，虽多半是假冒招牌，但其中亦非无一二好人，不过群众心理大抵以大半数埋没少数，所以就一律看不起他们了。

日本什么法政速成科现已无存，中国私立法政亦淘汰不少。兄弟两年前到北京的时候，还受了外来的刺激，对于法政学生，还没有看得起他。兄弟初到大学时，接见法科学生，也如此对他们说，那时候兄弟听说多数法政学生，不是抱求学的目的，不过想借此取得资格而已。譬如法科学生，对于各种教员的态度，就有种种不同。有一种教员，实心研究学问的，但是在政界没有什么势力，他们就看不起他。有一种教员，在政界地位甚高的，但是为着做官忙，时常请假，讲义也老年不改的，而学生们都要去巴结他呀。他们心中，还存着那科举时代老师照应门生的观念呀！我当时对法科学生，已经揭穿这个话了。

后来兄弟读了贵报的发刊词，见得怎么的痛心疾首，才晓得诸君的一番自觉。兄弟以为这就是可以一洗从前法政学生的污点了。从前他们的心理，姑无论是正当与否，但这种学校，确确只好算是职业学校。职业学校，是专为毕业以后得饭碗的，确无研究学理之必要。譬如泥水匠做了几年徒弟，晓得打墙便了，并不要求怎么新式，或怎么才比从前的便利，怎么才比从前的坚固，或怎么才能够合于审美的观念。又譬如店子里的使用人，他并不要研究商业如何才能够发展，如何才能够迎合买者的心理，只要整天在柜子上做买卖，赚得碗饭吃便了。这就是我们中国职业教育的习惯。从前法政大学，大抵都是用一种官僚教育、职业教育。他们的旨趣，就是要学生不请假，把讲义背得熟，分数考得好，毕业后可以谋生便罢了，用不着出学报。学报就是超于职业教育以上而研究学理的用意。所以法政学生能出学报，就是把从前的病根都除去了。

大概办学报的利益有三：

一、可以提起学理的研究心。将来社会进步，法律、政治或可以不要。但现在未到此境，也要求改良进步。要求法律、政治的进步，就断非循诵条文可以了事，必要用功向学理方面研究。现在我国的专门教育，既不采英、美的教授法（由教员指定参考书，令学生先行研究，然后由教员择要考问），又不用德、法的教授法（由教员用新发明的来讲授，其他让学生自由研究)，只是用现成的讲义，按部就班地去教学生。学生得了讲义，心满意足，安有进步?如今有了学报，学生必要发布议论，断不能抄讲义，必要于人人所知的讲义以外求新材料，就不能不研究学理了。

二、可以提起求新的思想。学报材料，后期应比前期好。可是每期必要有新材料，才可以引起读者的兴味。如第十期也和第一期一样，读者就讨厌了。所以学报不能不求进步，绝不可自满，必要一期一期往新思想里求去。

三、可以提起公德心。职业教育是抢饭碗的教育。抢饭碗的结果，就分出优胜劣败。因为想要得胜，就不能不争分数；因争分数之故，于是自己研究所得的便要秘密起来，留在心中，待考试时出之，以求多得分数，好去博个第一。有了这种恶根性，将来在社会上便生出许多嫉妒害人的事来。有了学报，有新知识的，便要公之大众，无论同学不同学，都要告诉他。如无新知识可以告人时，还要用许多方法去求有可以告人的。这岂不是养成科学为公的公德心么?

由上所说，学报既可以脱职业教育的恶习，以提起人学理的研究心，又可以促进进步的思想与养成非自利的公德心。兄弟对于《法政学报》，以此意表示欢迎。

凡办报最困难的，是第一年编辑还没有熟练，销行也还没有把握。到有了一年的经验，基础就可以巩固，并且可以希望进步了。《法政学报》既有一年的基础，将来必有进步可知，愿以此祝《法政学报》之繁盛。

为什么应成立学生自治会[①]

1920 年 10 月

今天是贵校第十一周的开学纪念日，又是学生自治会开始成立的第一日。纪念日是每年必有一次，每次纪念的内容不同。这第十一次的纪念，比较第十次更有许多进步的报告，这是可喜的，我以为今日自治会的成立，更是可喜的了。

我们一听到“治”字，就想到有治者与被治者的分别。既有这种分别，两方面便含有敌对的意思。虽是治者方面谋被治者的利益，愿意协助，但因有阶级隔在那里，好事往往也会变成坏事了。

我想学校应守的规则简单得很，不过卫生、学业、品行等等。关系卫生的，如宿舍的清洁、整齐，卧起有一定时刻等事。关系学业的，如按时自修、不旷废功课等。关

① 本文是蔡元培在北京高等师范学校学生自治会的演讲。标题为编者所拟。

于品行的，如在学校里不做贬损人格的坏事，在外边能保全自己的名誉，或保全学校团体的名誉。这都简单，人人容易想得到做得到的。我们既自认是人，尊重自己的人格，且尊重他人的人格，本无须他人代庖。但前人总不放心，必要用人替来管理，由是学校也生了治者——如学监、舍监都是——与被治者的阶级。在治者既像负担了被治者一生人格上的责任，必要一种模范人物，才能胜任。但是这种人才从哪里来呢？凡有学校的学监，地位既不及教员的隆重，并且他们的职务又极干燥无味，不如教员还可以增进自己的学问。单是宿舍起卧的时刻，或考试时的监场、检查等等琐事，在有学问、有才能、在社会上能得一个地位的，必不肯来担任。担任的往往因知识才能较差的。请这等人来干，或是死守规则过于严了，因此和学生发生恶感；或是太不守职过于宽了，样样通融；或仅对一部分宽了，又要开罪于他一部的学生。十余年来学校里闹风潮，起因往往都很小的。

学校事情本很简单，学生都可以管，既都让给管理员，学生便不知不觉地把一切学业、自修、卫生清洁种种责任，都交与管理员去做，自己一概可以不管的样子。譬如住在旅馆里的人，公文要件交在柜房，自己就不注意了。学生既是如此，所以种种不规则的事，层见叠出，闹出许多的笑话。有人以为是管理不好的缘故，愈加注意管理，教育部也屡屡下通令。无如依然无效，这实在是有人代为管理的缘故。

现在诸君成立这个自治会，可以把治者与被治者分别去掉，不要别人来管理了。所以我觉得今日的自治会，关系是重大得很。

况在贵校的自治会，比别校更觉紧要。因为凡人有种奇异心理，就是在一方面吃了亏，要在他方去报复。如做媳妇吃了婆婆的苦，到自己做婆婆时便要报复媳妇。又如下属在上司前吃了亏，就照样去待他下属，这种例子很多很多。学生既是被治的，将来出去办学校，当教习，一定也要治人，这正是流毒无穷的了。

诸君是高等师范生，实验这种自治的制度，我想有两方面益处。

（一）纵的方面：诸君自治比被治好得多，都自己试验过了；将来出校，转到中学或是师范学校，提倡自治，总可以应用，断不至把自己从前所受的弊害，向别的学生图报复了。

（二）横的方面：是“五四”以后，全国人以学生为先导，都愿意跟着学生的趋向走。如上海、杭州等地的闭市，官厅命令置之不顾，反肯听学生联合会的指挥，是实在的证据。民国从前也曾挂起自治的招牌，但不久就被政府取去。国民因不懂自治，也就任他取去。如今学生实行自治作个先导，我们恁地做，且在平民学校、平民讲演中去劝别人做。平民自治虽比学校复杂些，但由简单做到较复杂方面，由学生传之各地方，一定可以提起国民自治的精神。所以我觉得诸君的自治会成立，更可以作贵校最大的纪念。敬祝学生自治会万岁！北京高等师范学校万岁！

何为文化[①]

1920年10月27日

我没有受过正式的普通教育，曾经在德国大学听讲，也没有毕业，哪里配在学术讲（演）会开口呢？我这一回到湖南来，第一，是因为杜威、罗素两先生，是世界最著名的大哲学家，同时到湖南讲演，我很愿听一听。第二，是我对于湖南，有一种特别感想。我在路上，听一位湖南学者说："湖南人才，在历史上比较的很寂寞，最早的是屈原；直到宋代，有个周濂溪；直到明季，有个王船山，真少得很。"我以为蕴蓄得愈久，发展得愈广。近几十年，已经是湖南人发展的时期了。可分三期观察：一是湘军时代，有胡林翼、曾国藩、左宗棠及同时死战立功诸人。他们为满清政府尽力，消灭太平天国，虽受革命党菲薄，然一时

① 1920年10月26日，蔡元培先生与罗素、勃勒克小姐、吴稚晖、李石岑、张东荪、杨端六由武汉坐火车到长沙，与先期抵湘的杜威暨夫人、章太炎、张溥泉等应湖南省教育会之邀举行为期一周的讲学。本文是蔡元培10月27日在遵道会正会场的演讲。

代人物，自有一时代眼光，不好过于责备。他们为维持地方秩序，保护人民生命，反对太平，也有片面的理由。而且清代经康熙、雍正以后，汉人信服满人几出至诚。直到湘军崛起，表示汉人能力，满人的信用才丧尽了。这也是间接促成革命。二是维新时代：梁启超、陈宝箴等在湖南设立时务学堂，养成许多维新的人才，戊戌政变，被害的六君子中，以谭嗣同为最。他那思想的自由、眼光的远大，影响于后学不浅。三是革命时代：辛亥革命以前，革命党重要分子，湖南人最多，如黄兴、宋教仁、谭人凤等，是人人知道的。后来洪宪一役，又有蔡锷等恢复共和。已往的人才，已经如此热闹，将来宁可限量？此次驱逐张敬尧以后，厉行文治，且首先举行学术讲演会，表示凡事推本学术的宗旨，尤为难得。我很愿来看看。这是我所以来的缘故。已经来了，不能不勉强说几句话。我知道湖南人对于新文化运动，有极高的热度。但希望到会诸君想想，哪一项是已经实行到什么程度？应该什么样的求进步？

文化是人生发展的状况，所以从卫生起点，我们衣食住的状况，较之茹毛饮血、穴居野处的野蛮人，固然是进化了。但是我们的着衣吃饭，果然适合于生理么？偶然有病能不用乩方药签与五行生克等迷信，而利用医学药学的原理么？居室的光线空气，足用么？城市的水道及沟渠，已经整理么？道路虽然平坦，但行人常觉秽气扑鼻，可以不谋改革么？

卫生的设备，必需经费，我们不能不联想到经济上。中国是农业国，湖南又是产米最多的地方；俗语说“湘广熟，天下足”，可以证明。但闻湖南田每亩不过收谷三石，又并无副产。不特不能与欧美新农业比较，就是较之江浙间每亩得米三石，又可兼种蔬麦等，亦相差颇远。湖南富有矿产，有铁，有锑，有煤。工艺品如绣货、瓷器，亦皆有名。现在都还不大发达。因为交通不便，输出很不容易。考湖南面积比欧洲的瑞士、比利时、荷兰等国为大，彼等有三千以至七千启罗迈当的铁路，而湖南仅占有粤汉铁路的一段，尚未全筑。这不能不算是大缺陷。

经济的进化，不能不受政治的牵制。湖南这几年，政治上苦痛，终算受足了。幸而归到本省人的手，大家高唱自治，并且要从确定省宪法入手，这真是湖南人将来的生死关头。颇闻为制宪机关问题，各方面意见不同，此事或不免停顿。要是果有此事，真为可惜。还望大家为本省全体幸福计，彼此排除党见，协同进行，使省宪法得早日产出，自然别种政治问题，都可迎刃而解了。

近年政治家的纠纷，全由于政客的不道德，所以不能不兼及道德问题。道德不是固定的，随时随地，不能不有变迁，所以他的标准，也要用归纳法求出来。湖南人性质沉毅，守旧时固然守得很凶，趋新时也趋得很急。遇事能负责任，曾国藩说的“扎硬寨，打死仗”，确是湖南人的美德。但也有一部分的人似带点夸大、执拗的性质，是不可不注意的。

上列各方面文化，要他实行，非有大多数人了解不可，便是要从普及教育入手。罗素对于俄国布尔塞维克的不满意，就是少数专制多数。但这个专制，是因多数未受教育而起的。凡一种社会，必先有良好的小部分，然后能集成良好的大团体。所以要有良好的社会，必先有良好的个人，要有良好的个人，就要先有良好的教育。教育并不是专在学校，不过学校是严格一点，最初自然从小学入手。各国都以小学为义务教育，有定为十年的，有八年的，至少如日本，也有六年。现在有一种人，不满足于小学教育的普及，提倡普及大学教育。我们现在这小学教育还没有普及，还不猛进么?

若定小学为义务教育，小学以上，尚应有一种补习学校。欧洲此种学校，专为已入工厂或商店者而设，于夜间及星期日授课。于普通国语、数学而外，备有各种职业教育，任学者自由选习。德国此种学校，有预备职业到二百余种的。国中有一二邦，把补习教育规定在义务教育以内，至少二年。我们学制的乙种实业学校，也是这个用意，但仍在小学范围以内。于已就职业的人，不便补习。鄙意补习学校，还是不可省的。

进一步，是中等教育。我们中等教育，本分两系：一是中学校，专为毕业后再受高等教育者而设；一是甲种实业学校，专为受中等教育后即谋职业者而设。学生的父兄沿了科举时代的习惯，以为进中学与中举人一样，不筹将来能否再进高等学校，姑令往学。及中学毕业以后，即令谋生，殊觉毫无特长，就说学校无用。有一种教育家，遂想在中学里面加职业教育，不知中等的职业教育，自可在甲种实业学校中增加科目，改良教授法；初不必破坏中学本体。又现在女学生愿受高等教育的，日多一日，各地方收女生的中学很少，湖南只有周南代用女子中学校一所，将来或增设女子中学，或各中学都兼收女生，是不可不实行的。

再进一步，是高等教育。德国的土地，比湖南只大了一倍半，人口多了两倍，有大学二十。法国的土地，比湖南大了一倍半，人口也只多了一倍半，有大学十六。别种专门学校，两国都有数十所。现在我们不敢说一省，就全国而言，只有国立北京大学，稍为完备，如山西大学、北洋大学，规模都还很小。尚有外人在中国设立的大学，也是有名无实的居多。以北大而论，学生也只有两千多人，比较各国都城大学学生在万人以上的，就差得远了。湖南本来有工业、法政等专门学校，近且筹备大学。为提高文化起见，不可不发展此类高等教育。

教育并不专在学校，学校以外，还有许多的机关。第一是图书馆。凡是有志读书而无力买书的人，或是孤本、抄本，极难得的书，都可以到图书馆研究。中国各地方差不多已经有图书馆，但往往只有旧书，不添新书。并且书目的编制，取书的方法，借书的手续，都不便利于读书的人，所以到馆研究的很少。我听说长沙有一个图书馆，不知道内容什么样。

其次是研究所。凡大学必有各种科学的研究所，但各国为便利学者起见，常常设有独立的研究所。如法国的巴斯笃研究所，专研究生物化学及微生物学，是世界最著名的。美国富人，常常创捐基金，设立各种研究所，所以工艺上新发明很多。我们北京大学，虽有研究所，但设备很不完全。至于独立的研究所，竟还没有听到。

其次是博物院。有科学博物院，或陈列各种最新的科学仪器，随时公开讲演，或按着进化的秩序，自最简单的器械，到最复杂的装置，循序渐进，使人一览了然。有自然历史博物院，陈列矿物及动植物标本，与人类关于生理病理的遗骸，可以见生物进化的痕迹，及卫生的需要。有历史博物院，按照时代，陈列各种遗留的古物，可以考见本族渐进的文化。有人类学博物院，陈列各民族日用器物、衣服、装饰品以及宫室的模型、风俗的照片，可以作文野的比较。有美术博物院，陈列各时代各民族的美术品，如雕刻、图画、工艺、美术，以及建筑的断片等，不但可以供美术家的参考，并可以提起普通人优美高尚的兴趣。我们北京有一个历史博物馆，但陈列品很少。其余还没有听到的。

其次是展览会。博物院是永久的，展览会是临时的。最通行的展览会，是工艺品、商品、美术品，尤以美术品为多。或限于一个美术家的作品，或限于一国的美术家，或征集各国的美术品。其他特别的展览会，如关于卫生的、儿童教育的，还多。我们前几年在南京开过一个劝业会，近来在北京、上海，开了几次书画展览会，其余殊不多见。

其次是音乐会。音乐是美术的一种，古人很重视的。古书有《乐经》《乐记》。儒家礼、乐并重，除墨家非乐外，古代学者，没有不注重音乐的。外国有专门的音乐学校，又时有盛大的音乐会。就是咖啡馆中，也要请几个人奏点音乐。我们全国还没有一个音乐学校，除私人消遣，沿照演旧谱，婚丧大事，举行俗乐外，并没有新编的曲谱，也没有普通的音乐会，这是文化上的大缺点。

其次是戏剧。外国的剧本，无论歌词的、白话的，都出自文学家手笔。演剧的人，都受过专门的教育。除了最著名的几种古剧以外，时时有新的剧本。随着社会的变化，时有适应的剧本，来表示一时代的感想。又发表文学家特别的思想，来改良社会，是最重要的一种社会教育的机关。我们各处都有戏馆，所演的都是旧剧。近来有一类人想改良戏剧，但是学力不足，意志又不坚定，反为旧剧所同化，真是可叹。至于影戏的感化力，与戏剧一样，传布更易。我们自己还不能编制，外国输入的，又不加取缔，往往有不正当的片子，是很有流弊的。

其次是印刷品，即书籍与报纸。他们那种类的单复，销路的多寡，与内容的有无价值，都可以看文化的程度。贩运传译，固然是文化的助力，但真正文化是要自己创造的。

以上将文化的内容，简单地说过了。尚有几句紧要的话，就是文化是要实现的，不是空口提倡的。文化是要各方面平均发展的，不是畸形的。文化是活的，是要时时进行的，不是死的，可以一时停滞的。所以要大家在各方面实地进行，而且时时刻刻地努力，这才可以当得文化运动的一句话。

对于学生的希望[①]

1920年10月27日

我于贵省学生界情形不甚熟悉，我所知者为北京学生界情形，各地想也大同小异。今天到此和诸君说话，便以我所知之情形，加以推想，贡献诸君。

五四运动以来，全国学生界空气为之一变，许多新现象、新觉悟，都于五四以后发生。举其大者，共得四端。

一、自己尊重自己

吾国办学二十年，犹是从前之科举思想，熬上几个年头，得到文凭一纸，实是从前学生的普通目的。自己的成绩好不好，毕业后中用不中用，一概不问。平日荒嬉既多，一临考试，或抄袭课本，或打听题目，或请划范围，目的只图敷衍，骗到一张证书而已，全不打算自己要做一个什么样的人，自己和人类社会有何关系。五四以前之学生情形，恐怕有大多数是这样的。

---

① 本文是蔡元培在长沙明德学校的演讲。

五四以后不同了。原来五四运动也是社会的各方面酝酿出来的。政治太腐败，社会太龌龊，学生天良未泯，便不答应这种腐败的政治、龌龊的社会，蓄之已久，迸发一朝，于是乎有五四运动。从前的社会很看不起学生，自有此运动，社会便重视学生了，学生也顿然了解自己的责任，知道自己在人类社会占何种位置，因而觉得自身应该尊重，于现在及将来应如何打算，一变前此荒嬉暴弃的习惯，而发生一种向前进取，开拓自己运命的心。

二、化孤独为共同

"各人自扫门前雪，不管他人瓦上霜"是中国古人的座右铭，也就是从前学生界的座右铭。从前的好学生，于自己以外，大半是一概不管，纯守一种独善其身的主义。五四运动而后，自己与社会发生了交涉，同学彼此间也常须互助，知道单是自己好，单是自己有学问有思想不行，如想做事真要成功，目的真要达到，非将学问思想推及于自己以外的人不可。于是同志之联络、平民之讲演、社会各方面之诱掖指导，均为最切要的事。化孤独的生活为共同的生活，实是五四以后学生界的一个新觉悟。

三、对自己学问能力的切实了解

从前学生，对于自己的学问有用无用，自己的能力，哪处是长，哪处是短，简直不甚了解，不及自觉。五四以后，自己经过了种种困难，于组织上、协同上、应付上，以自己的学问和能力向新旧社会做了一番试验，顿然觉悟到自己学问不够，能力有限，于是一改从前滞钝昏沉的习惯，变为随时留心、遇事注意的习惯。家庭啦，社会啦，国家啦，世界啦，都变为充实自己学问，发展自己能力的材料。这种新觉悟，也是五四以后才有。

四、有计划的运动

从前的学生，大半是没有主义的，也没有什么运动。五四以后，又经过各种失败，乃知集合多数人做事，是很不容易的。如何才可以不至失败，如何才可以得到各方面的同情，如何组织，如何计划，均非事前筹度不行。又知群众运动在某种时候虽属必要，但绝不可轻动，不审时机、不要组织、没有计划的运动，必然做不成功。这种觉悟，也是到五四以后才有的。

于此又分五端：（一）自动地求学。在学校不能单靠教科书和教习，讲堂功课固然要紧，自动自习，随时注意自己发现求学的门径和学问、兴趣，更为要紧。（二）自己料理自己的行为。学生对于社会，应知系处于指导的地位，故自己的行为，必应好生料理。有些学生不喜教职员管理，自己却一意放纵，做出种种坏行。我意不要人家管理，能够自治，是好的；不要管理，自便放纵，是不好的。管理规则、教室规则等，可以不要，但要能够自守秩序，总要办到不要规则而其收效仍如有规则时或且过之才好。平民主义不是不守秩序。罗素是主张自由最力的人，自由与秩序并不相妨，我意最好由学生自定规则，自己遵守。（三）平等及劳动的观念。朋友某君曾说：“学生倡言要与教职员平等，但其使令工役，横眼厉色，又俨然以主人自居，以奴隶待人。”我友之言，系指从前的学生。我意学生要与工役及其他知识低于自己的人讲求平等，然后遇教职员之以不平等待己者，可以不答应他。近人盛倡勤工俭学，主张一边读书，一边做工。我意校中工作，可以学生自为，成天读书，于卫生上也有妨碍。凡吃饭不做事专门暴殄天物的人，是吾们所最反对的。脱尔斯太主张从劳动主义，他自制衣服，自做农工，反对太严格的分工，吾愿学生于此加以注意。(四) 注意美的享乐。近来学生多有为麻雀、扑克或阅恶劣小说等不正当之消遣，此固原因于其人不悦学，尤以社会及学校无正当之消遣为主要原因。甚有生趣素[索] 然，意兴无聊，因而自杀者。所以吾人急应提倡美育，使人生美化，使人的性灵寄托于美，而将忧患忘却。于学校中可实现者，如音乐、图画、旅行、游戏、演剧等，均可去做，以之代替不好的消遣。但绝不要拘泥，只随人意兴所到，适情便可。如音乐一项，笛子、胡琴都可。大家看看文学书，唱唱诗歌，也可以悦性怡情。唯单独没有兴会，总要有几个人以上共同享乐，学校中要常有此种娱乐的组织。有此种组织，感情可以调和，同学间不好的意见和争执，也要少些了。人是感情的动物，感情要好好涵养之，使活泼而得生趣。(五) 社会服务。社会一般的知识程度不进，各种事业的设施，均感痛苦。五四以来，学生都组织平民学校，教失学的人以普通知识及职业，是一件极好的事。吾见北京每一校有二三百人者，有千人者，甚可乐观。国家办教育，人才与财力均难。平民学校不费特别的人才与财力，而可大收教育之效，故是一件很好的事。又有平民讲演，用讲演的形式予平民以知识，也是一件好事。又调查社会情形，甚为要紧。吾国没有统计，以至诸事无从根据计划。要讲平民主义，要有真正的群众运动，宜从各种细小的调查做起。此次北方旱灾，受饥之民，至三千多万，赈灾筹款，须求所以引起各方面的同情，北京学生联合会乃思得一法，即调查各地灾状，用文字或照片描绘各种灾情，发表于世，乃能引起同情。吾出京时，正值学生分组出发，十人一组。即此一宗，可见调查之关系重要。

以上各端，是吾一时想及，陈述出来，希望学生诸君留意。最后吾于湖南学生诸君，尚有一二特要商酌之点，述之于次。

一、学生参与教务会议问题。吾在京时，即听见人说湖南学生希望甚高，要求亦甚大，有欲参与学校教务会议之事。吾于学生自治，甚表赞同，唯参与教务会议，以为未可。其故因学校教职员对于学校逾行应有一种办法，此办法若参入学生意见，则甚为纷扰。北大学生曾要求加入评议会，后告以难于办到的理由，学生亦遂中止要求。

二、废止考试问题。湖南学生有反对考试之事，吾亦觉此试验有好多坏处。吾友汤尔和先生曾有文详论此事，主张废考。北大、高师学生运动废考甚力。吾对北大办法，则以要不要证书为准。不要证书者，废止试验，要证书者仍要试验。

吾意学生对于教职员，宜取宽谅的态度，不宜求全责备，只要教职（员）系诚心为学生好，学生总宜原谅一番。现在青黄不接时代，很难得品学兼备的人才呵。吾在教育界当差二十多年了，吾从没有反对过学生，吾只希望学生能有各方面的了解和觉悟，事事为有意识地有计划地进行，就好极了。

对于师范生的希望[1]

1920 年 10 月 28 日

在今日看来，无论中外，男女都要受教育，并且所受的教育都要一样的。但所学的科学不必相同，有女子须学而男子不应学者，有男子须学而女子不应学者，于是学校有男女之别。社会情形改变，家庭情形亦随之改变。从前只有男子在社会上做事，女子毫不负责任。近年来女子常常代男子做许多社会事业。例如欧战发生以后，男子都从军去了，女子乃不得不在社会上做事。塞尔维亚的女子也有从军的。照这样看来，男女所做的事应该相同。中国的教育，男女学校不是平行发达的，男子有专门学校，有大学校，女子没有，所以北京大学实行男女同学。中国有男子师范、女子师范，但男女师范之分离，并不是程度上的关系，并不是功课上的关系。

师范的性质与中学不同，中学毕业后还要升学，师范

① 本文是蔡元培在湖南省立女子师范学校的演讲。

毕业后，就要当教员，师范是为将来培植小学教员。诸位是将来的教员，不可不注重学校中的一切科学。中学各科有各科的教员，教师只教一种科学。小学则不然，小学内常常以一人兼教各种科学，初等小学常以一人兼教校中各种科学，如手工、图画、音乐、体操，所以一个师范生可以办一个小学。师范生的程度必须各科都好，才能负担这种责任。小学教师正像工人一样，工人的各种器具都完备，才能制造各种东西，小学教师的各种科学都完善，才能得良好的小学教育。所以师范生须兼长并进，不能选此舍彼。

现在的学校实行选科制，但这种制度只能行之于高等以上的学校，并且学生只有相对的选择，无绝对的选择，除必修科以外的科学，才有选择权。北京大学现行这种制度，如入化学科，有三分之二是必修科，余者可自由选择。又如在每门选一种科学，而不专学某科者谓之旁听生，修业期限无定，学校也不发毕业证书。旁听生所选的科学必须经教员审定，因教员知道选何者有益，选何者无益，如走生路，若无人指引，易入歧途。总而言之，高等教育方行选科制，但须教员认定。

普通教育不能行选科制，只可采用选科精神。长期[从前]的教育有因一种科学（不及格）而降班者，例如甲长于国文而算术不好，因算术不好降入低年级，使他的国文也不能随高年级听讲，这种办法很不公平。遇了这种情形可用选科的精神，就是甲算术不好，乙国文不好，可令甲乙二人在低年级听算术、国文，其余的科学仍随高年级听讲。普通教育，选科的程度至此为止。

但普通师范学校绝不能行选科制，必须各科都学。师范生对于各科的知识，必须贯通，各有心得，多看参考书，参观实在情形，心身上才有利益。

怎么叫作师范？范就是模范，可为人的榜样，自己的行为要做别人的模范，所以师范生的行为最要紧。模范不是短时间能成就的，须慢慢地养成。

学校内的规则不许你们这样，或不许你们那样，这是消极的，如果学生觉得某规则对我们有益，我情愿遵守，那么，学校的规则可说不是学校定的，是你们定的。学校的规则如很不方便，可以改良，但不得破坏规则。教室内无规则，就没有秩序，你们当教员的时候愿看见这种情形么？

五四以后，社会上很重视学生，但到了现在，生出许多流弊。学生以自己为万能，常常想去干涉社会上的事和政治上的事。如果学校内有一部分人如此，他部分想用功的人也绝不能用功了。欧战以来，各国学生有许多当兵者，但读书的仍旧读书。不读书专想干涉政治或社会上的事有极大的危险。国家的事不是学生可以解决的，所以干涉外界的事必致荒废光阴，毫无成就，甚为可惜。

学生的运动是提醒外界的人，不是解决各种问题。学生以求学为第一要义。政治家有什么小政治问题和你们磋商，你们牺牲很宝贵的光阴帮助他，利益归他，你们受贫穷的损害，是极可怕的事。

五四发源于北大，当时这种运动，出于万不得已，非有意干涉政治。现在北大的学生决不肯干涉社会或政治上的事，为什么缘故呢？一、因学问不充足，办事很困难，办事须从学问上入手，不得不专心求学。二、北大做事，须别人帮助他们，别人发生困难问题，北大也不得不去帮助，他们觉得这种生活很苦。我在京的时候，他们专心求学以外，只办平民学校，不管别的事情。我希望诸位求学必须兼习校中一切科学，不必干涉外界的事。

小学教员在社会上的位置最重要，其责任比大总统还大些。

你们在学校中如有很好的预备，就能担负这责任，将来在社会上做的事就是你们的成功。

中学的教育[①]

1920年10月28日

我在北京的时候，早知道贵校很有声名的。今天承贵校欢迎，得与诸君谈谈，很觉愉快。但是因为时间仓促，没有预备，只好以短时间谈一谈中学的教育。

一般办中学的人，大都两种观念，第一是养成中坚人物，第二是预备将来升学。所谓养成中坚人物的，就是安排他们在中学毕业之后，马上就可以去社会上做事。其实中学所得到的知识很浅，并不能够应用他去做特殊的事业，纵然可以做一点儿，也不过很平常的，甚至变作一个中等游民，也不稀奇的。除了当绅士之外，简直无所措手足。所以说要养成中坚人物，很难能的了。

德国的学制，文实分科。中古时代文科注重拉丁、希腊文。以后科学渐渐发明，始趋重理数各科，并且因为趋重生的文学的关系，所以把拉丁、希腊的死文学统统去掉

① 本文是蔡元培在长沙岳云中学的演讲。

了。实科注重理数各科，但是后来也渐渐地趋重哲学、外国文……又有注重医学的。到了后来，还有些学校对文实两科双方并重的，简直可以说是文实科。照这样看起来，学文科的不能不兼重（实）科的科学，学实科的同时也不能不兼重文科的科学。这样分科的制度，都是想要达到上面所述的那两个目的。

日本的学制，是仿照德国来的，并且把他越弄越笨了，他把中学的目的完全看作养成社会中坚人物，所以在中学的上面有高等学校，为入大学的预备学校。中国的学制，又纯从日本抄袭出来的，大略与日本相仿佛。因为中学程度不能直接升入大学，所以大学设有预科。但是统计小学、中学的年限，共有十一年了，加上大学预科二年，共有十三年，才能达到大学的本科，时间已觉得太长，现在还想在中学加增年限，那就更不经济了。所以有人主张文实分科，但也未见得就是顶好的法子。例如大学原来是采分科制的，然而现在也觉得不十分便当，想要把它变通去掉分科制，何况中学呢？比方文科的哲学，离不掉生物学、物理学、化学……因为不如是，那范围就未免太小。学理科的人也不能不知道哲学。学天文学的人更加不能不知道数学，以及其他科学。况且我们应当具有宇宙观的，所以学实科的人，也要知道文科的科学。当然学其他科的，除对于所专攻的科学以外，有关联的各科，也要达到普通的程度，不能单向一方进行。所以中学要想文实分科，非常困难。但是现在已经把国文改为白话，可以免掉专攻国文的功夫，同时可以省得多少时间。外国语一项，普通一般都教些文学书，我以为可以不必专读几本文学书，尽可读些科学读本，如游记……一方面可以学习外国语，他方面可以兼得科学上的知识，帮助这些人把所省的时间和精力，去普遍研究科学，年限和分科都不成什么顶难解决的问题了。

外国大学不专靠教科书，常常从书本以外使学生有自己的研究余地，所以他读的是有用的，是活的科学，毕业以后，出来在社会上做事，很不费力。但是有一种通病，恐怕无论哪国，都差不多，所有的教科书，每每不能学完。一方面固然是教员没有统计预算，但他方面还是为着学生没有自己研究的能力，没有自动的精神，所以弄得毕业之后，又不能进大学，简直没有一点事可以做，恰成一个游民。

日本中学是预备做中等社会的人，造成一般中坚分子，倘若自量他的能力不能够入大学毕业，就可以不进中学，免得枉费光阴，他便一直入中等实业学校。甲种实业学校毕业出来可以独立谋生活，比较我国中学毕业生仅仅做一个游（民），那就好多了。所以我说中学的目的，只是唯一的预备升学。

但是进中学的时候，自己就要注重个人自修，预备将来可以升什么学校。中学生在修业时代，最要紧的科学有三种，分述如下。

（一）数学。因为我们无论将来是进哪一科，哲学或是文学，统统离不掉数理的羁绊。至于讲到理数各科，工农商科，更不消说了。

（二）外国语。因为中国科学不甚发达，大半都是萌芽时代，要学高深科学，非直接用原本不行，而在中学时不注意外国语，以后更难了。

（三）国文。我们是中国人，对于本国文字当然要具有普通的学识。但是不要学什么桐城派四六文……只要对于日常用的具备和发表我自己的思想毫无阻碍就够了。

以上这三科，对于升学很有关系，很须注意，但是都不纯粹靠教室内听听时候所能了的事，还是看各个人自修的功夫如何，所以我很希望诸君在课外还要特别留心才是。我今天所讲的，不是专指贵校说的，是泛论中学的教育，供你们的参考罢了。

学生的责任和快乐[①]

1920年10月29日

今天承贵校欢迎，我是很不敢当的。我昨天到岳云中校讲演，从贵校门口经过，看到贵校规模阔大，听说贵校内容也是很好的，我很想到贵校参观。适逢贵校校长请我今日演讲，使我得与诸君有谈话的机会，我心里是很愉快的，所以我于百忙中，抽出时间与诸君谈谈。

贵校的校名是“兑泽”二字，在先前创办的人，取这两个字，是很有意思的。兑字怎样呢？“兑者说也”，就是学有所得，令人快乐的意思。所以孔子说：“学而时习之，不亦说乎。”就他这句话讲，诸君由小学毕业，继续升入中学，求学的时间没有中断，也算是时习了，自然有许多喜说的事情。孔子又说：“有朋自远方来，不亦乐乎。”孔子当日设教杏坛，三千徒众，都是从远方来的。贵校性质，虽说是由西路公学改变的，这不过是历史上的关系。就教育原理上讲，没有什么界限。现在所有的学生，大概都是

---

① 本文是蔡元培在长沙兑泽中学的演讲。

从远方来的，朝夕相见，研究各种科学，这是第一层可快乐的事情。

前几年张敬尧督湘，对于教育摧残殆尽，贵校尚能维持下去，一方面是教职员办事的毅力，他方面是诸位求学的热忱，我是很佩服的。现在张敬尧已去，依我数日的观察，贵省的教育，很有新机，就是先前回去的学生，也都来了。“旧雨重逢，济济一堂”，这是第二层可快乐的事情。孔子所说的话，大概是这个意思。我再回溯去年五四运动以后，我们一般学子受了这种感触，其中由自觉到觉人的很不少，至若学生去岁干预政治问题，本是不对的事情，不过当此一发千钧的时候，我们一班有知识的人，如果不肯牺牲自己的光阴，去唤醒一般的平民，那么，中国更无振兴的希望了。但是现在各位的牺牲，是偶然的，不得已的，若是习以为常，永荒学业，那就错了。还有一层，现在各位为社会服务，这也算是分内的事情，不一定要人家知道，只要求其如何能尽自己的责任，并且不要以此为出风头、沽名誉的器具。纵或人家不知道我，我也无须要人知道，这是孔子所讲的“人不知而不愠”的意思。

上面所讲的是学生的责任和学生的快乐。我还有几句话要奉告诸君的。诸君当此青年时代，到中学读书，今日的学生，就是将来改造社会的中坚人物，对于读书和做事，都要存一种诚心，凡事只要求其尽在我，不可过于责人。就以学校的设备上讲，或因经济的关系，或因不得已的事故，力量做不到的时候，大家要设身处地想想才好。今天我还要到别处讲演，时间将到了，不能多说，我所贡献各位的，就是这样。

美术的进化[1]

1920 年 10 月 29 日

教育，是注重科学与美术。人人都知道科学很重要，但对于美术上所知道的很少，所以我今天说一点美术上的事情。

美术分类的法很多，比较上较正确者可分为二类：一、静美；二、动美。静美是空间的，眼可看见，如铜像、雕刻物，都在空间上占一地位。动美是时间的，须用耳听。跳舞介乎二者之间，要用眼看亦要耳听。

美术的起源，各人的意见很不一致，但我们可以说是起源于跳舞。鸟兽高兴时则跳舞。非洲有一种鸟用树枝、石等物造一种像舞厅的处所。狗猫高兴时，也有跳舞的表示。野蛮人也有极简单的跳舞，或一男一女跳舞，或许多男女共同跳舞。野蛮人遇着喜庆事，如联婚时，常有临时跳舞。他们跳舞或在大厅内，或在草场上，或在月光下，或燃火把。野蛮人的跳舞大概如此，到后来稍稍进化，于

① 本文是蔡元培在长沙遵道会正会场的演讲。

是男女无同跳舞者，或男跳舞时，女则唱歌。跳舞时人数不定，男人跳舞常有一定时间。跳时或以两手相击发声，或以二木杆相击。到了此时，跳舞已有规则，重节奏。各民族大约都有此种简单的跳舞。

跳舞有两种：一、体操；二、唱戏，如装作妖人，演古事之类。跳舞再进化则成了唱戏。周时有文舞和武舞，这就是发生戏的根源。戏中又分文戏和武戏，文戏重唱功，武戏重武打。

西洋戏曲可分为三种：一、歌曲，重唱工；二、新戏，都用白话编的。新戏可分为：甲、喜剧；乙、悲剧。歌曲介乎二者之间，都是喜剧。这就是跳舞的进步。第三就叫作直萨，前后不连贯。中国戏都是直萨戏，如头出唱《黄鹤楼》，二出唱《闹府》，三出又唱《人不如狗》。这种人无理想存乎中间，程度很低。跳舞进至唱戏已发展达极点，跳舞时动静二美皆可表示出来。演戏者身画花纹，或黄或黑，花纹的种类很多。这都是静美，可用眼看见的。野人多不穿衣服，全身皆画许多花纹，如点线、曲线、直线，画器具者极少。有全身都画黑色，中用白线间断者，或者画人物用白线间断者，也有一半画成黑色，那一半呈现出肉色来者，小孩也常常像这样涂黑他的身体。这是美术最幼稚的时代。

到后来，人人知道画的颜色容易洗去，于是有把花纹刻入人体者。刻入的方法有二：一、很浅，用刀在身上画成曲线或直线，涂以颜色；二、很深，画的花纹很深，这就是画的起源。刻画有很精细者，像图案画一样。他们的本意是求美观，但这种美术极幼稚。后来他们不完全在身体上求美观，而在耳鼻上穿环，唇上箝木片，他们的用意也是求美观。又久之，他们才知道把头发梳成种种的样子，以饰物插在发中，或腰上系带，带上的装饰物也都不一样。再进化，身上才加以衣服。野蛮人把衣服包围全身，只留头在外面，他们把衣服也当为一种装饰品。衣服到后来才有大进化。有了衣服，我们看起来就可不用别的装饰。其实大有不然者，现在的装饰有许多仍像野人一样。唱戏者有脸谱，俗话叫作花脸，仍像野蛮人的装饰。女人喜欢擦粉涂胭脂，还是野人的遗迹。以外如缠腰、裹足、皮鞋后高前低，都是不自然的美。

捕鱼的人身上有刻各种动物花纹或蛇纹的。他们刻花纹有两个用意：第一，大鱼或蛇以他们为同类，不得伤害他；第二，因为他们的家中尊拜一种动物。江苏、浙江等处有这种风俗，《水浒》上的史进也是有花纹的。日本有一部小说上说：有一个女子犯了罪，把身上刻许多花纹。日本的武士道也多刻花纹的。

西洋人也有这种风俗。我在德国的时候，在一个市场里面，看见两个女子身上刻了许多有名的戏，所以刻花纹的事，在今日还不能免。人身的装饰品极多，例如《红楼梦》上说，湘云替宝玉梳辫，用几粒珠子，还有一些东西插在头上。现在我们的剪发，有平头、分头、陆军头等等区别。衣服有礼服、常服的分别。做衣服的材料，样子极多。但因政治上的关系，或时间上的关系，男子装饰的时间比女子少些。巴黎女人的衣服，花样极多，可算是世界各国的女子衣服的模范。男子的衣服以伦敦为模范。女人喜欢用珠子、宝石等物作装饰品，清朝的官吏，戴红、兰、白各色的顶子，这都是野蛮人的遗迹，美术未进化的表现。

野人最初用石头敲凿石牌，而后来，他们知道把石牌磨光一面，再后，知道磨光两面，刻种种花纹，或曲、直、水流等线在上面。人类有生而好美的性，所以他们才有这种进化。野人进化，渐次知道烧陶器了。陶器先要用手做成模型，然后刻些花纹在上面，如圆圈、曲、直等线，这就是图案画的起点。

美术渐次进化，于是发生两要件：一、均齐。如人有两手、两足、两眼、两耳，所以画的东西也照这样常常是均齐的。凡是简单的花纹，都依这条件画出来。又如两眼的中间有一鼻，画的东西也常常取这样的形态。二、间断。例如我们的呼吸，有呼就有吸，我们的脉，一跳一停是有规则的。由此类推，走路有规则，跳舞有规则，音调有规则，我们所画的波纹也有规则。这两个条件都是由图案发生出来的。

由极简单的花纹进而生雕刻，再进而成图案，这是美术进化的大概。

野人住的房子亦是由极简单的形式渐次进化的。最初的时候，他们的房子用两块木板造成，一上一下。久之房的四周，用木围绕，于是建筑方法发明了。中国的房屋用瓦、木、石建筑，希腊建屋的大柱有三角形的，也有圆形的。

吾人讲美术，最初为身体的美，其次为衣服的美，其次为器具的美，再次为房屋的美。由房屋的美再进化，于是知道建筑极大极华美的宫殿了。身体的美和衣服的美是人身体上的美，不能离人而独立。器具和房屋是离人身体而独立的美。中国最好的建筑是宫殿，西洋最好的建筑是教堂，到了近世，最好的建筑就要推学校、博物院了。照这样看来美术的进化，已由私自的美变为公共的美了。还有一种独立的美，如铜像、石像都属于此类。中国也有这种美，如周公辅成王图，孔子见老子图，这可称为历史图画。此外还有伏羲神画，带宗教色彩。

美术发达后，凡极美的东西，必须送入博物馆，不得据为私有。最初吾人注意身体上的美、个人的美，美术发达后，乃注意公共的美。如外国的都市，街道及公共场所，异常华丽，异常整齐，这才是美术的要素。

美术初为诗歌、音乐，次为小调，次为文字，再次变为：一、诗词，内容有美亦有音调；二、神话，如寓言《聊斋》等类；三、小说，如唐人小说，元时的《水浒》，清朝的《红楼梦》；四、戏本，用诗歌为戏本，以后变为长篇戏本。这是文学诗歌发展的大概如此，然文字、诗歌皆由跳舞发展出来的。音乐的发达，最初用两木相击成声，次用兽皮盖在陶器上，击之发声，渐次变成大声的音乐。音乐可分为二部：一、吹的乐器分为十二音，像风琴一样。笙有高低音，像钢琴。最初笙不过只有一管或二管，渐次变成完全的笙。二、胡琴，含一线，弹之声很大，由此以推，乃发明胡琴。

总而言之，美术由简而繁，由私而公，可分为二部：一、静美，这类的美渐次离吾人身体而存在，渐次由私变为公。世界越文明，身体的、私自的美越简单。二、动美，由简单变为繁杂，分类很多，如图画有很多种类，音乐亦有很多种类。如果把美的东西放在家内，那就失去了美的原理，这些东西放在公共场所，并不失了他的美素。如能使私美都变为公美，这才是美术的目的。

中学的科学[1]

1920 年 10 月 30 日

今天我到这里来，非常的高兴，只因我有点毛病，喉已嘶了，不能多讲，但我有几句话，要贡献于诸位。现在中学最困难的问题，就是科学，因为中学的科学，很烦琐，所以做学生的应该切实去研究他。前年教育部召集各省中学校校长会议，有主张文实分科的，近又有主张延长一年的，后经我作了一篇文字，将他们议论驳论一番，把他们的主张完全打消了。文实分科，仅仅德国是这样办法，所以德国的中学年限有七年之久。我的主见，因为学生在中学校修业，是受充分的普通的知识时期，预备升学地步，但是学生常常有这些伪见，习文科者不愿研究实科，习实科者也不研究文科，成了偏科的样子，流弊很多。例如机器，各部都要具备的，否则运用一定是不灵敏。在中学的时候，普通知识既不完全，将来升学必发现许多困难，所

① 本文是蔡元培在妙高峰第一中学校的演讲。

以我当时绝对不赞成。

各国大学并没有设有预科，普通学科尽在中学时候教完。中国大学有了两年预科，加长年限也不成为问题。再把各国的学制互相比较，德国的学制，从小学至中学毕业，共计十一年；法国定为十一年；中国大学添了两年预科，从小学至大学预科毕业，较之各国多了一二年。应该各种科学，都要教授完备些，但是中学的科目繁多，怎么教得完咧？当教师的，先要把教材和时间支配均匀，拣择各种科学紧要的部分教授，有些容易了解的，教学生自行练习，若单靠教员来教授，那是不能够的。又西洋各国中学采严格主义，因为中学皆是年富力强脑力充足的人，可以勉励用功的。在这个时候，立好基础，后来进大学和各种专门学校，那就自然容易，不要加管束也可以的。

中国的学生自去年的五四运动以后，大半都去注意社会上的问题，科学方面少有人去研究，那么将来的困难，比现在一定多些，长此以往，学生简直没有求学的日子。大家须知道，当欧战极酣的时候，德国危险到了万状，他们国里头的学生，还在安安静静照常用功。这样看来，中国现在社会虽属危险，较他们那时候好多了。你们学生应该尽心研究科学，从根本上作救国的准备，不要作无谓的奔走，因为五四运动，是万不得已之举动，可一不可再的。现在北京学生，受了这一番大教训，已有彻底的觉悟，大家都知道我非有学问不能救国。我今天希望诸位把科学看重些，切实去研究，对于外界的事情，尽可少管些，这就是我最后盼望诸位的。

美学的进化[①]

1920年11月1日

前次我说美术的进化，今天我说美学的进化。我们要知道不论什么学问，总是先有术后有理，先有零碎片断，后有整齐条理的。例如上古自有烹调，已是化学的初点。炼铁术出，化学的学术，已经略有完备的事实，而化学直到18世纪始有科学的体裁。所以在古野蛮时代虽有美学的萌芽，但有其术而无其学。在我们中国古代对于美术评论的书籍，如《乐记》《考工记》《文心雕龙》《诗话》之类，但只是这样的评论，不能把美学建设起来。

西方的文化，从希腊始，柏拉图、亚里士多德，皆当时文化上负盛名的，都著有美学的理论，大约有二个条件：一、模仿自然，二、由复杂而统一。比方说这一支粉笔，看见它统一的体端，必定要研究它的复杂地方。复杂又必定要取其有条理的，例如一片石头、一个圆圈，可以说是

① 本文是蔡元培在长沙遵道会正会场的演讲。

统一，不能说是复杂。

希腊时代的美术，算是极简单的美术，到罗马时代，有建筑学、雄辩学、诗人的诗歌，其美学比希腊时代已经进步。后来文艺复兴，美术家有文喜（即达·芬奇）、埃而培克、佘尼尼，均有图画建筑的理论，比之罗马又算进步。17世纪时代，法国有诗人波埃罗，于他的诗法中说“真就是美”。17、18两世纪之间英国经验派心理学家呵谟、布克，以心理研究美学，把心理学来解剖美的赏鉴。至鲍甲登以情感言美，是言美的第一人。康德言美要考察人的知识确否，分三点说：一、评批人的理性，用十二范畴分判之；二、美的知识分一部分的知识与通遍的知识；三、判断的批评。康德以真与善的中间有一种过渡，这个过渡就是美，以有趣味为美。说人耳眼可以言美；人之生而能食，这都是一出生的性；要知道好歹、善恶，都是由耳眼传达知识的作用。

有人分美为优雅的美与崇高的美两种（日本人译为优美与壮美）。优美具有二性：一有超脱性，就是说个人的舒服不算美，必定研究其人与道德如何，人之常言好的、美的，都是没有利害的关系，言美学的，必定要有一切的超脱性；二有普遍性，就是说个人的，普遍的，非专业的，非不公共的。康德说美必定有以上的两性，才可算美，并可以养成人的公共道德性。崇高的美，就是说取其高的大的，如见高岳、大海、长天，皆令人有一种进境无已的思想。凡人都有一种自高自大的心，如见高岳的巍峨，湖海的汪洋，自己赏鉴起来，不觉自己就是高岳湖海，这种地方，就可以令人到处有自适性，又可以增进人的道德性。

论科学哲学都有美学。黑格尔说美学的观念，注重知识，因为是注重伦理学的缘故。人的自由精神，进至极点，就是美学，未至极点是伦理学。叔本华说美是抽象的，在世界上找美稍难，因世界离不开痛苦，这痛苦，就是因为有知识的缘故，所以要说美必定要到那无知识的境界去求。人的欲望需求是无止境的，是有痛苦的，当其欲望未遂，需求未得的时候，不知道有多少的痛苦，想遂那欲望，得那需求的快乐，及至遂了得了的时候，其快乐又完全失掉了，反倒苦痛又从这里生了。所以这个美术［学］是使人愿向那无知识的方面走。要无知识，总是抽象，故叔本华说美学越抽象越好。图画、雕刻，这些美术，其内容不若音乐的抽象，所以说音乐的美，比图画、雕刻的美高尚些。现可以说自鲍甲登以前，所谓美学，只是科学的美，自鲍登甲以后，所谓美学，并具有哲学的美。

1876年物理学家裴希纳，他研究心理学、生物学、物理学，再后研究美学，以美学是由心理方面的作用，著有《美学的预备学校》的书。以前的人言学问，自上而下，是演绎法，如今言学问的，是一种自下而上的归纳法。今以欧洲截金术为例，甲术与乙术其中有联合的丙。如三加五等于八，与五加八等于十三。此三与五之比，五与八之比，其间的五，就是丙。又如置长方、四方，种种的物具，使多数人选择，看人选择哪一种的多些，就定它的美。又取或三寸或五寸长片的玩具，使人排置斯两具，以排列成何样多的，而定为美。又看人家里用器，以用哪一样式子多些（或长方，或三方，或圆）定那样式子的美。

简单的美术，可以用洁净表现，复杂的就不能够。例如柑子的色素是黄的，形象是圆的，若把一个形圆色黄极相像的假柑子放在人前，则人必定喜欢这个真的。这真的美从何而来呢？就是说色形而外，尚有香有味为假的所不能有的。况且看见这真的柑子，可以想到这柑子树叶的青青、树林的风景，以及柑树旁边的新鲜空气，这都是以科学的方法解释美学的。凡人择选一物，或放置一物，或由所用的物，以定它的美，这都是人为的。人的制造美术，或鉴赏的不同，与其人的时间空间都有关系。所以美术的评论，必定要考察美的产生地，和鉴赏的人是什么时候，并且那时候有什么同时起来的美，和当时文化，都有关系的。摩曼说美有四条件：一、美术家方面；二、鉴赏美的人；三、美术的本身；四、美的文化。摩氏 1908 年著有《现代美学》，1914 年著有《美学的系统》，皆自己研究美学的方法心得的，示人以研究的方向。

我现在总括说几句话：自鲍甲登以前，西方美学只有美术没有美学。鲍氏以后始有美学上的研究。近世渐有科学上的美学研究，尚未能于美学有完全的贡献。我们又要知道，科学哲学没有完全的时代，美学亦不能完全。

美学与科学之关系

诸君都是在专门学校肄业，都是专门研究各种科学的，对于美学与科学的关系之重要，知道得很少，所以我今日把科学与美学之关系，略略说与诸君听。

先说明美学与科学不同的地方。吾人有意志，有理性，有感觉。意志的表现，就是行为；理性之表示，就是知识；感觉之表示，即愉快，就是高兴不高兴。例如“走路”，这是一种行为；去看地图，研究哪一条路好走，哪条路不好走，这是属于知识。所以知识不是妄动的，是指导这条路好不好。而走路这件事，对于心理上，到底发生何项——即高兴与不高兴——的感觉，这就含有情的意味。又如运动蹴球，这也是一种行为，而去实行运动蹴球之时，应研究如何运动才好，这又是属于知识。所以知识是告我以方法，如果对于踢球的方法，完全知道，那就用不尽了。而高兴不高兴的那种感情，也就从此表现出来。所以知识与感情，是相连的。黑格尔的生命哲学中，关于知识与感觉，也说有密切之关系。又尼采之权力意志论，也认知识与感情是离不开的，如丢了一样，一定有不能行的地方，所以科学与美学，有必要联合研究的价值。但知识是求正确的，感情是求愉快的。例如花，自感情方面讲起来，是一种美丽的物，就是至于花的雌雄，或是隐花植物，或是显花植物，或是一种生物，以及它的性质如何，用途如何，都丢开不讲了。为什么叫作花，这又是知识上的问题。又如木器，自感觉方面观之，凡是用木做的器具，不管它是桌、椅、床等，各种形式都叫作木器。自知识上看起来，那就有形式、配件、花样、雕刻各种的科学与美学研究。一是间接的，一是直观的。例如菊花，直观上讲起来，就是菊花，好看就是。自间接方面研究，则可以察其形态，看它是属于哪一类。解剖内部，考察它的性质生理，则知培植应用什么方法，宜用何种肥料及它的用途如何。又如鸦片烟若用两种方法去观察，丑的方面它可以使人吃之即萎靡不振，而好的方面，据某医院用之又可以治病，而罂粟花，又很美丽。又如蛇，以形状论，并非美丽可观，若研究之，它是一种有毒的动物，它的生长如何，产生何地，都可以间接考出。

世界上无论什么对象，皆可从两方面去考察，一方面是属于科学的，一方面是属于美学的。例如音乐，在美学上，占很高尚的位置，虽从科学上看起来，不过几个数目字交互排列，发生声音而已。又如颜色，在科学上不过红黄蓝等几个颜色与若干混合色的分别，没有好多道理可讲，而在美学上，红黄色是一种动色，可引人激动感情，蓝色是一种静色，可引人入幽悲寂寞之境遇。例如小孩喜欢红色，澳洲土人喜画红黄色于面上身上，其余各民族画身的颜色，以红黄最多。我国妇女，亦喜用胭脂，前清尊红顶，也是这个道理。

以上所谈，都是科学与美学的不同的地方，其所以不同之点，盖因美学是心理上的作用，是直观的，是极简单的，且最少科学的元素。正确的研究，但是无论什么科学，又都可从两方面去观察，一种是科学方法，一种是美学的眼光。例如数学，从科学方面看起来，是一种太严整的科学，似乎没有什么美的意味。但裴希纳用一条直线截断，配合使长短成比例，令人选择比较，看哪个比例好些，结果得第二数目与第三数目为顶好的比例。二加三为五，也是好比例，三加五为八，也是好比例。又如伯宜尔用两个方法去试验之，第一个，是用有色的长方形木条，起先用一个，漫匕的长一点加上一条，另外置一表记之，看加至哪种数目为顶好看，后来得三与五为最好看的比例。第二法，系以纸作十字形，上施用颜色纸条，使多数人观察，看选择哪个比例的多些，结果也得三与五之比，及五与八之比。所以吾人无论取平常的对象，如果是两部分相互结合成比例时，也多半是以这数目为好。故在科学上，三加五为八，实在无甚趣味，而在美术上则有数的关系，非常有兴趣的。

又如几何这门科学，在科学上，不过是点线面体用各种法定构成许多呆板图式，又觉得没有什么趣味，但从美术上讲起来，初民起始画在身上的美术，首先就是点，几点，后来才用线，有时又在身体上画直线、曲线、波纹线、十字交叉线，三角形、方形、斜方形、万字形、圆形，或圆形内加点，后来又刻在身体上，直到他们自美的观念寄在身体外的物品，于是器具上如铜器铁器，以及盾棍、刀枪、弓箭、舟橹、陶器、箭袋等上，都把这些形式刻在上面。但又有为把持的便利，刻上蛇鸟之形状种种上去的，总之这都是数学上的法式。然分析而言，都是几何学的关系，故学几何学用科学方法去研究非常枯寂，从美术上讲起来，也很好看，不觉可厌了。

又矿物中各种金属如铜铁锡等，从科学方面去研究，必定先用种种方法提出各种纯粹的金属，又要用各种试验，考察它的性质，与各种的用途。若以美学的眼光去观察，则各种矿物结晶的形状，各有各的不同，极其美丽。如雪花的结晶，很觉好看的。又如光，在科学上，有曲折反射的分别，然当太阳照耀，万象鲜明，灿烂辉煌，起人兴奋；月夜天长，清光雅逸，令人增感，此皆由光以引起壮美的。又如恒星，科学上是一个有光体，然自美的方面推想，则当深夜月阑，坐观星象，推想人在地球上，好比天上一个星，没有什么关系。而人生地球上，地球附属太阳，人比地球小，地球又比太阳小，宇宙间有无数星球在天空间，渺渺茫茫，漫无涯际，适足以引起一种壮美。然厌世者，觉得世界许大，我如此小，以为人间世间，没有许多价值，无论何事，均以消极处之，甘自暴弃，这种美的观念岂不可丑？然自他方而推想，以人为世界，彼亦天地，我亦天地，世界上无论何事，都可以做到，睹此情景，可引起奋发思想。又如显微镜，可窥察微生物及极小的虫，并见微生物中，同人世界上一样，也有争逐。科学上用之，可考究微生物形状、生活、繁殖各种的特别情形。然美术上，则可推想这微生物以极小地方也有生的价值，而吾人处此大世界，又岂可任其放弃，也可引起奋发的精神。

又植物在科学上，必先考察它的形态，以分类解剖它的内部，研究其生理、培植以及各种用途。然在美学上，则观察其外面形态，很觉好看，心理上即起愉快作用。又动物在科学上，必定要解剖内部，究其生理，考其进化，分别高下种类。在美学上，则各动物各有各的美丽表观，如鸟鹰虎豹之威严，可使人兴奋，引起壮美；旗帜上之画龙虎，所以表示威风；画鸟取其羽毛之美丽。唱戏的人与西人的头上喜插鸟毛，以及绣绘多用鸟雀，都是以其美丽的缘故。又如鸟声仿佛是唱歌的样，据科学家研究，谓鸟之鸣唱，如人说话样，也是表示意思，但在美术上，如音乐一般，且有听鸟声而作歌曲的。故无论何种科学，凡科学所得说明者，美学亦得应用上去。

即以人的身体论，在科学上，则人身上骨骼有多少，血液之循环，筋肉之随意不随意，都可知道的。然以美的方法观察，则分二派：一派专讲性质，这是抽象的，是属于道德方面的。一派专谙形状，例如眼有大小，必定要到不大不小才是美；眉毛必定要到不长不短，鼻之或高或平，必定要到高平相称。总要配得很好，不长不短，不肥不瘦，才是很美的。但最近一派，则专喜画特别形象，不要同样才是美。

又农学在科学上，必定要考察土宜，研究肥料，选择种子，而美学上则只观察外面美景若何。矿山在科学上，必考其矿苗以知内藏何若矿，而美学上则仅记其山间风景。又如天气之阴晴，在科学上则有一定之因果，在美学上，则有爽快不爽快之观感。又如在河海，在科学上，必考察其水之颜色浅深，鱼之多少种类，而美学上则有早晚景致之不同，春秋观感之或异。由此而推，凡用科学所以研究者，美学皆可调和之，故专门研究科学的人，如无美的观念参［掺］杂，必定是毫无趣味，就会变成一个机器，毫无自由希望。何解呢？就是被科学中之因果律所束缚的缘故。因为科学家无论什么事，都可预先算出，例如进第一师范，必定是要生在湖南，必定要钱，必定要来听讲，并且皆有许多条件规则来束缚，万不能自由做主，做出这些条件以外的事，如此，自然这可使人感痛苦之处的。又机器是呆的，是被动的，人是活的，是要动的。故专学科学，就被种种束缚不能动了，所以必用美术去调养。又人是自主的，一方面是要立在自主的地方，一面又要去研究外面的客观的科学，又不要使自己去变成机器，不用美学的效用，何能救得这个偏弊？所以美学与科学，是完全相合的，是互相调和的，是要两种平行进行的。故专门研究科学的人，如果没有一点美学的作用参［掺］在里面，那么，精神上必定要受许多的损害。

美学的研究法[1]

1920年11月2日

前兹讲美学的人，多趋重于心理学，觉得偏向于赏鉴方面。现在研究美学的，多以科学的方法研究。其大纲可分四类：一、美术家方面；二、赏鉴家方面；三、美术的本身（美术品、美术科学）；四、美的文化。

现在我讲“美术家方面”，其大要又可分六条：一、自己的说明。如庄子的《天下篇》、太史公的《自序》，是把他自己的书著完，附在后面叙述他自己作书的意思。西方卢梭亦常作文自序。多少美术家自序其历史和他自己研究美术的苦诣和心得处。二、讯问法。据美术品讯问作者用意的所在，如杜诗、苏诗，读起来就觉得有些忧国忧世的意思。三、美术家列传。就如《梓人传》《郭橐驼传》等等，是拿来表彰美术家的。四、美术家的心境录。由美术上推究美术家的心理，观察他于直观、抽象、通性、个性，

① 本文是蔡元培在长沙遵道会正会场的演讲。

或词句等，偏重哪一方面，例如杜李的诗，一见而知其心境在什么地方。有人把米儿登和莎士比亚所著的书比较他用的新字有多少，这也是研究美术家心境的地方。五、美术家的病理录。西方多少美术家，似乎有神经病的，如卢梭为人，非常狂荡的，到了晚年，也自觉追悔。又如尼氏反对宗教道德，其理论非常高尚，但尼氏常觉脑病，以是人有对于他目为病狂。中国如金圣叹、王仲瞿，皆哭笑无常，人或谓其有鬼附诸身者。六、实验法。实验是美术的方法，例如研究画法，研究它的距离、光线、空气等等，这都是近来研究得来的方法。

讲到赏鉴家的方面，大概可分八条：一、选择。例如微铁梅的排列法，就是排列各种颜色，或种种形式的位置，令各人选择其所好的，以定他的美。如野蛮人不喜欢用绿色、蓝色，喜用深红、深黄各色。文明人用对色喜用淡的，野蛮人喜用强的，这都可以由民族对于颜色的选择，观看他的文化。二、装置。装置的得法，也是表现美的方法，因为可以引赏鉴家的美感。三、应用。人之赏鉴美术，就能移自己的情于美术上面，如登高远眺，自己就觉有超然物外的意思。听见什么音乐，看见什么春秋的图画，都可以移情于其中。古人说夏天挂北风图，可以觉得凉一点，冬天挂云汉图，可以觉得温一点，此皆感情的移易。四、瞬间的试验。就说用极短时间，观察他的感情移入，如人觉高兴则呼吸快，愁闷则呼吸慢。五、隔断的试验。这试验是看赏鉴的深浅，初看简单的形式颜色，次视其内容，再次察其性质。如读诗，先读两句试一试，再又读两句试一试。看画，听乐，均可用此法，以察其态度的哀乐。六、表示态度的刺激。就是说用一种美术的刺激，观察受验人的脉，或呼吸，或态度，其与常人同不同。这个要用的方法，或用滑稽画，或用不同的图画，或用继续的照相。七、个性的个别。赏鉴家的试验，有看其大概的，有看其详细的，儿童与成人的个性不同，受教育与未受教育的个性不同，于是赏鉴的情形，也各个有区别。八、习惯与不习惯。人的赏鉴美术，也有受习惯的影响，如中国人不喜听西方的音乐，这就是不习惯的缘故。却是有初见某美术不甚欢喜，渐习而转欢喜的，也有初见某美术颇欢喜，渐久而觉厌烦的。我们知道北京人喜听戏，有喜听谭叫天的，有喜听梅兰芳的，演到他喜听的戏，没有不去听的，这都是习惯的缘故。

现讲美术的本身，也把它分着六条来讲。一、材料。凡研究某美术品，必先注重它的材料，如文学上有词字，图画上有油画、铅笔画、水彩画，这都是美术的材料。二、工作。工作尤重器具的选择，在外国有一张画需半年时日的，因为所用的器具不同，画出一层颜色，必俟若干时日，而后能再加色的。三、时代的研究。如中国人有专研究钟鼎文的，有专研究两汉的。西方人研究美术，也有专研希腊的，也有专研罗马的，还有研究某地某种民族的美术。一个学校里面，只有一个人，也分成一班在那儿研究。四、比较。是把地域与时代两相比较来研究的，其注重在古物学与人类学。例如西方人有拿中国钟鼎文和西方花文比较研究的，又有拿钟鼎文专与日耳曼古代的花文比较研究的。五、推敲。美术是不是受民族的影响，这还是一个问题。有人说世界的美术，都是从希腊来的，或者是间接的影响，这却不为无因，但也不确。美术的起源，可以由它的装饰品，研究其所以然，亦略能得一点源流。六、分类。美术自有分类以来，遂变而为科学的研究，如建筑及各种抽象的美，皆以前不得叫作美的，是后来分类把这些扩充起来的。

讲到美的文化，可以作两面看，即美术受文化的影响与文化受美术的影响。前者关于民族、地势、时代三种，后者关于学校之美的文化及都市之美的文化。如印度、波兰的文化是受气候的影响，埃及的文化，是受地势的影响。印度多哲学，埃及多科学，都是这个缘故。希腊三面环海，山势崎岖，所以希腊的文化多变化。大凡地势卑小者人喜迷信，地势美好者人喜标致。又如以时代论的，如中国以前文学，喜谈儒术与百家，及佛入中国，则受佛的影响，近世又受西方的影响。可见提倡一种美术文化的，皆趋其时而倡之，不过美术家早见一步而已。大概文化旧了生厌，厌则欢新，新者必旧，旧又生新，总要这样向前进的。中国以前的教育，无美术式的，近染西方方法，如音乐、图画，以及一切展览会，学校的建筑，皆足令人生感慨。又如都市的美感，要研究其旧者华新，必先具有美的知识。我们又要知美学发展，可以减少世界的战争，软化世界日趋于文明，这是我们不可不注意的。

美化的都市[①]

1920年11月3日

贵县受了很重的兵灾，我已观览一周，从前的灾况已经恢复不少了，但破坏之后，应有建设的计划。这地风景很好，山水秀丽，但天然现象总须人事相助。太古时代，人民茹毛饮血，穴居野处，这是纯粹的自然生活，但是不开化的生活。自然界的器具如石斧石刀，起初尚能应用，文明进化以后，石器变为铜器，铜器变为铁器，更进而为机器，机器不良时，还想出许多方法修理它。从前起了火，就没法扑灭，现在有救火器械了。从前以为人没有翼翅，不能高飞，现在有飞艇了，可以航空。我们不可为风俗习惯所限，总须打破环境，创造理想的境域，不可说醴陵山水极好，就不须人工去精造。

前辈没有受过我们所受那样好的教育，还能建筑这样好的城市给我们，我们遭了这次烧毁之后，所造的城市，

① 本文是蔡元培在醴陵的演讲。

反可不如前辈吗？我们正好趁破坏之后，建设一个新的、美的、有进步的，去代替那旧的、不美的。下列二个条件是不可忽略的：

一、合于卫生。凡公共卫生的如街道、公厕、市场等属之，凡关于室内卫生的如通气、通光等属之。

二、合于美术。美的茶杯花瓶，我们不管是谁的，我们都爱它。你们也要把醴陵弄得像好看的茶杯和花瓶一样，使人人都爱它。为什么呢？因为人人都有好美的天性。小孩有手足要动作，有口舌要言语，自己不能做的他也要去试一试；有一玩物，他不懂它的构造，就拆开细看，这是他求知识的天性的表示。小孩看见人家穿了华丽衣服，他羡慕不了，你夸奖他的帽子，他就非常高兴；你若说他的东西不好看，他就垂头丧气，这是小孩好美的天性。

美术的进化是经过很长的历史。唱戏时，有花脸，有红白杂色，皆由原始时代的遗传所致。还有刻画文身的，因环境有水，水产物有鳞，临近的人就模仿起来，身上画鱼鳞，或衣上画水草，这可使水中产物认他为同类，不加侵害。其余穿耳裹足，不懂毁坏身体，以殉人嗜好，这都是很幼稚的美。稍进一步的，就不刻身，他们有头巾，或用布，或用皮，或用羽毛，中国的花翎顶戴朝课之类，和西洋妇女用面巾、帽上插毛，同属好美的表示。我们以为衣服的作用是夏遇［御］热、冬遇［御］寒，其实含有美术的作用。你看衣服式样流行不息，一时宽衣缚带，一时窄袖短袴。外人以巴黎为时髦衣服发动中心点，中国以上海为中心。一件衣服，可改变许多样子，这不是为美吗？器具的形状和饰物，也因时不同，无非是美的进化。

人的房屋起初在山洞内，山洞潮湿，就迁往树上，树上有坠落的危险，就在地上打棚，再进而建筑的屋宇，窗上有花纹，门上有刻画，墙上挂有字画。希腊建筑物是方的，罗马用圆形，今欧美房屋高下形式，虽千万种没有相同的，但没有不是合于科学方法的。欧美各国建筑一城市，必有周密的计划。某地作公所，某地作讲演会，某地作学校，某地作市场，其他大街小巷，水管阴沟，无不有条有理。私人住宅形式不同，总和花瓶茶杯，千奇万状，都能供人赏玩。我们虽不能和欧美一样讲究，总得通盘打算，有一个完善的计划。街道多少宽，可以过车，可以通轿，两旁有树，树下设凳，供人坐谈。适中地方应有图书馆、博物馆等。图画、铜像、雕刻都有独立的美，不仅作装饰品而已，这类东西陈列博物馆中供人研究。

小儿年轻时应养成好美的习惯，学校要有美丽的房屋和装设，功课中应有插画，引起趣味。图画、手工、音乐都是很重要的功课，可以发达美育。

美的东西不应独归所有者私揽，并宜和大家共赏。天上光亮的月，照耀你，也照耀我。你不能把西山包围起来，不许人游览。凡私人的花园只许他亲戚朋友进去，不许旁人参观的，都失了美术的意义。瑞士是欧洲的花园，他们布置极好，山水明媚，花草满野，铁道如织，交通便利，旅馆医院等等美丽的新建筑物到处都有。他的工业发达，文化昌明，所以游人往来的，一年四季不绝，因此人家都爱瑞士，瑞士在国际间的地位也增高了。我希望醴陵也好好整理，使成了一个天然花园，中外人士都来参观，那么醴陵的地位也增高了哩。

普通教育和职业教育[1]

1920年12月5日

兄弟已经几次到过新加坡了，今天得有机会，和诸位共话一堂，实在荣幸得很！只是今天没有什么预备，所以不能有多少贡献，还望诸君原谅。

在座诸君，大半是学界中人，因此可知这里的学校多了。我今天就把普通教育和职业教育说一说。刚才从中学校来，知道中学内有商科一班，这却是职业教育的性质，不在普通小学校或中学校的普通教育范围以内。

普通教育和职业教育，显有分别：职业教育好像一所房屋，内分教室、寝室等，有个别的用处；普通教育则像一所房屋的地基，有了地基，便可把楼台亭阁等建筑起来。故职业教育所注重的，是专门的技能或知识，有时研究到极精微处，也许有和日常生活绝不相干的情形。例如研究卫生的，查考起微生虫来，分门别类，精益求精，有一切

① 本文是蔡元培在新加坡南洋华侨中学的演讲。

另外的事都完全不管的态度。这是从事专门学问的特异点。

可是我们要起盖房子时，必得先求地基坚实，若起初不留意，等到高屋将成，才发现地基不稳，才想设法补救，已经来不及了。我刚才讲过普通教育好像房屋的地基一样，所以教育者和被教育者，都要特别注意才是。现今欧美各大学中的课程，非常严重，对于各种基本的知识，差不多不很注意了。为什么呢？因为学生在中小学的时代，早已受了很重的训练，把高深学术的基础筑固了，入大学时自然不觉得困难。若在中小学内，并没有建筑好基础，等到自悟不够时，再要补习起来，那就很不容易了。

因此前年我国审查教育会，把普通教育的宗旨，定为：一、养成健全的人格；二、发展共和的精神。

所谓健全的人格，内分四育，即：(一) 体育，(二) 智育，(三) 德育，(四) 美育。这四育是一样重要，不可放松一项的。

先讲体育。在西洋有一句成语，叫作健全的精神，宿于健全的身体。足见体育的不可轻忽。不过体育是要发达学生的身体，振作学生的精神，并不是只在赌赛跑跳或开运动会博得名誉体面上头，其所以要比赛或开运动会，只是要引起研究体育的兴味；因恐平时提不起锻炼身体的精神，故不妨常和人家较量较量。我们比不过人家时，便要在平常用功了。其实体育最要紧的，是合于生理。若只求个人的胜利，或一校的名誉，不管生理上有无危险，这不要说于身体上有妨害，且成一种机械的作用，便失却体育的价值了。而且只骛虚名，在心理上亦易受到恶影响。因为常常争赛的结果，可使学生的虚荣心旺盛起来；出去服务社会，一切举动，便也脱不了虚荣心的气味，这是贻害社会不浅的。不过开运动会和竞技等，在平时操练有些呆板乏味时，偶然举行一下，倒很可以调剂机械作用。因变化常态而添出兴趣，是很好的，只要在心理上使学生彻底明白体育的目的，是为锻炼自己的身体，不是在比赛争胜上，要使他们望正鹄做去。

次讲智育。我们教书，并不是像注水入瓶一样，注满了就算完事。最要是引起学生读书的兴味，做教员的，不可一句一句，或一字一字地，都讲给学生听。最好使学生自己去研究，教员竟不讲也可以，等到学生实在不能用自己的力量了解功课时，才去帮助他。至于常用口头的讲授，或恐有失落系统的毛病，故定出些书本来，而定书本也要看学生的程度，高下适宜才对。做学生的，也不是天天到校把教科书熟读了，就算完事。要知道书本是不过给我一个例子，我要从具体的东西内抽出公例来，好应用到别处去。譬如从书上学得菊花，看见梅花时，便知也是一种植物；从书上学得道南学校，看见端蒙学校，便也知道是什么处所；若果能像这样地应用，就是不能读熟书本，也可说书上的东西都学得了。

再现在各学校内，每把学生分为班次，要知这是不得已的办法，缘学生的个性不同：有的近文学，有的喜算术等。所以各人于各科进步的快慢，也不能一致，但因经济方面，或其他的关系，一时竟没法子想。然亦总须活用为妙。就是遇有特别的天才的，总宜施以特别的教练。在学生方面，也要自省，我于哪几科觉得很困难的，须格外用功些，哪几科觉得特别喜欢的，也不妨多学些。总之，教授求学，两不可呆板便了。

至于德育，并不是照前人预定的格言做去就算数。有些人心目中，以为孔子或孟子所讲的总是不差，照他们圣人的话实行去，便是有道德了；其实这种见解，是不对的。什么叫道德，并不是由前人已造成的路走去的意义，乃是在不论何时何地照此做法，大家都能适宜的一种举措标准。是以万事的条件不同，原理则一。譬如人不可只爱自己，于是有些人讲要爱家，这便偏于家庭，或有些人提倡爱群，又偏于群的方面了；可是它的原理，只是爱人一语罢了。故我们要一方考察现时的风俗情形，一方推求出旧道德所以酿成的缘故，拿来比较一下。若是某种旧道德成立的缘故，现在已经没有了，也不妨把它改去，不必去死守它。我在中学校看见办有图书馆、童子军等，这些事物，于许多人很适宜，于四周办事人亦无妨害，这便不是不道德。总之，道德不是记熟几句格言，就可以了事的，要重在实行。随时随地，抱着试验的态度。因为天下没有一劳永逸的事情，若说今天这样，便可永远这样，这是大误。要随时随地，看事势的情形，而改变举措的标准。去批评人家时，也要考察他人所处的环境怎样而下断语才是。

第四美育。从前将美育包在德育里的，为什么审查教育会，要把它分出来呢？因为挽近人士，太把美育忽略了。按我国古时的礼乐二艺，有严肃优美的好处。西洋教育，亦很注重美感的。为要特别警醒社会起见，所以把美育特提出来，与体智德并为四育。

美育之在普通学校内，为图工音乐等课。可是亦须活用，不可成为机械的作用。从前写字的，往往描摹古人的法帖，一点一画，依样葫芦，还要说这是赵字哪，这是柳字哪，其实已经失却生气，和机器差不多，美在哪里？

图画也是如此，从前学子，往往临摹范本，圆的圆，三角的三角，丝毫不变，这亦不可算美。现在新加坡的天气很好，故到处有自然的美，要找美育的材料，很容易。最好叫学生以己意取材，喜图画的，教他图画；喜雕刻的，就教他雕刻；引起他美的兴趣。不然，学生喜欢的不教，不喜欢的硬叫他去做，要求进步，很难说的。像儿童本喜自由游戏，有些人却去教他们很繁难的舞蹈，儿童本喜自由嬉唱，现在的学校内，却多照日本式用1、2、3、4、5、6、7等，填了谱，不管有无意义，教儿童去唱。这样完全和儿童的天真天籁相反。还有看见西洋教音乐，要用风琴的，于是也就买起风琴来，叫小孩子和着唱。实则我们中国，也有箫笛等简单的乐器，何尝不可用？必要事事模仿人家，终不免带着机械性质，于美育上，就不可算是真美。

以上四育，都宜时时试验演进，要一无偏枯，才可教练得儿童有健全的人格。

学校教育注重学生健全的人格，故处处要使学生自动。通常学校的教习，每说我要学生圆就圆，要学生方就方，这便大误。最好使学生自学，教者不宜硬以自己的意思，压到学生身上。不过看各人的个性，去帮助他们作业罢了。但寻常一级的学生，总有二十人左右。一位教员，断不能知道各个学生的个性；所以在学生方面，也应自觉，教我的先生，既不能很知道我，最知我的，便是我自己了。如此，则一切均须自助才好。大概受毕普通教育，至少要获得地平线以上的人格，使四育平均发展。

又我们人类，本是进化的动物，对于现状常觉不满足的。故这里有了小学，渐觉中学的不可少。办了普通教育，又觉职业教育的不可少。南洋是富于实业的地方，我们华侨初到这里的，大多数从工事入手以创造家业。不过发大财成大功的，都从商务上得来。商业在南洋，的确很当注意的，这里的中学，就应社会的需要，而先办商科。然若进一步去研究，商业的发达，必借原料的充裕，那原料，又怎样能充裕呢？不消说，全在农业的精进了。农业更须种种的农具；要求器械的供给，又宜先开矿才行，这又侧重到工艺上头。按我国制造的幼稚，实在不容不从速补救。开了铁矿自己不会炼钢，却将原料卖给别国，岂不可惜？若精了制造术，便不怕原料的一时跌价，因为我们能自己制造应用品出售，也可不吃大亏啦。

照现在的社会看来，商务的发达，可算到极点了，以后能否保持现状，或更有所进步，这都不能有把握。万一退步起来，那么，急需从根本上补救。像研究农业和开工厂等，都足为经商的后盾，使商务的基础，十分稳固，便不愁不能发展。故学生中有天性近农近工的，不妨分头去研究，切不可都走一条路。

农商工的应用，我们都知道了。但在西洋，这三项都极猛进。而我国自古以农立国，工业一途，亦发达极早。何以到了今日都远不如他们呢？这便因他们有科学的缘故。一个小孩子知识未足时，往往不知事物的源本。所以若去问小孩子，饭是从哪里来的？他便说“从饭桶里来的”。聪明些的，或能说“从锅子里来的”。都不能说从田里来的。我国的农夫，不能使用新法，且连一亩田能出多少米，养活多少人，都不能计算出来，这岂不是和小孩子差不多么？故现在的学生，对于某种科学有特别的兴味的，大可去专门研究。即如性喜音乐的，将来执业于社会，能调养他人的精神，提高社会的文化，也尽有价值，尽早自立。做教师的，不妨去鼓舞他们，使有成功。总之，受毕普通教育，还要力图上进，不可苟安现状。若愁新洲没有专门学校，那可设法回国，或出洋去。

我最后还有几句关于女学校的话要说：这里的学校，固已不少，但可惜还没有女子中学。刚才在中学时，涂先生也曾提及这一层。我想男女都可教育的，况照现在的世界看来，凡男子所能做的，女子也都能做。不过我国男女的界限素严，今年内地各校要试办男女合校时，有许多人反对。若果真大众都以为非分校不可，那就另办一所女子中学也行。若经济问题上，不能另办时，我看也可男女合校的。在美国的学校，大都男女兼收，虽有几校例外，也是历来习惯所致。在欧洲还有把一校划分男女二部的，这也是一种方法。总之，天下无一定不变的程式，只有原理是不差的。我们且把胆子放大了，试试男女合校也好。若家庭中父兄有所怀疑时，就可另办一所女子中学，或把男子中学划分二部，或把讲堂上男女座位分开，便极易办到了。这女子中学一事，只要父兄与学生两方面，多数要求起来，我想一定可以实现的。我今日所说的，就是这些了。

中国文学的沿革[①]

1921年6月2日

国际间的和平，以互相了解为第一步。现在欧美大势，中国人已经渐渐了解；独是西方人对于中国，不了解的很多。其中原因，固有多种，但西方语言文字易学，中国语言文字难学，也是一个大原因。中国现今已着手于文学革命，也可算是与西方人互相了解的一种预备。我愿意报告于诸君。

中国最古的文学，约自西历纪元前24纪至7世纪顷。见于《书经》《诗经》的，大约有两种：一是用当时语言作为文辞。7世纪以后，封建时代，国际间交通，不能全用中国语言。又为感动读者起见，不能不修饰文辞。例如西纪元前6世纪顷，郑国的文书，有草创的人，有讨论的人，有修饰的人，有润色的人。大约各国都有此等状况。所以孔子说："言之不文，行而不远。"4世纪、3世纪顷，

---

① 本文是蔡元培在美国新闻家文艺学会招待会上的演讲。

诸侯重用辩士，雄辩术最发达，应用在文辞上。著书的人，也重修辞。唯有墨子，独尚质朴。他说太讲文辞，读者容易得辞而失意。譬如卖珠的，饰大椟，人就买椟而还珠。可见当时的风尚了。

这个时代，虽然崇尚修辞，但其目的，是要用容易感人的文辞，来传达他们的意旨，并不是专在文辞上用工。到纪元前 2 世纪的后半，始有专作文辞的名家。嗣后渐渐进步。到 4、5、6 世纪，几乎专讲词华，讲音调了。这个时代，印度的哲学流入中国。翻译印度书的人，自创一种文体，近乎语言。后来这一派哲学家的语录，有全用白话的。

到 7 世纪的后半期，始有复古派的文学家，恢复纪元前 3 世纪以前的文体。虽然所用的还是古文字，但比 3 世纪到 6 世纪的文学，已经觉得与语言接近一点了。尔时也就有接近语言的短篇小说。到 13 世纪以后，始有全用语言的长篇小说，能用浅显的文辞，写复杂的社会状况。实为一种进步的文学。但势力总不及复古派文学的大。

到 19 世纪的末年，维新的人，觉悟普及教育的必要，始发行白话书报。他们的目的，在用浅近的文辞，来传达科学知识，破除迷信，文学的趣味尚少。直到最近五年，北京大学的教员，有竭力提倡白话文学的。其中最重要的一个人，就是在哥伦比亚大学毕业的胡适氏。这一派的教员，都是很能做复古派文学，又能了解西方的新文学。他们用高尚的思想、深厚的趣味，寄托在浅近的文辞上。读的人渐渐地受他感染，所以白话文流传得一日广于一日。这本是自然的趋势。欧洲中古时代，著作都用拉丁文；后来经各国文学家、科学家的改革，始全用本国语言作文。中国的改文言为白话，也是这种趋向，不过较欧洲迟几世纪就是了。

同时有一种辅助品，就是三十九个品音的字母。这是1912年间教育部召集全国研究国语的人，开会讨论而后决定的。有了这个字母，可以记普通语音，也可以记各地的方音。无论什么地方的人，都可以凭这种字母的记注，看出方音与普通音的不同处，学普通音就容易。现在暂不作为独立的字母，但注在旧字旁边。将来各地方的人，都是作普通语，就可全用这种字母写文字，白话文的传布，一定更容易。

至于中国古代的文学，自有一种美术的价值，将来研究的人仍然不断。就是大学国文学一门，一定仍旧有这一种的研究科，如欧洲学校中拉丁文一样。譬如中国人所写的楷书，本是4世纪以后的字体，虽然通行很久，但是3世纪以前的隶书，纪元前3世纪的篆书，纪元前9世纪的籀书，与9世纪以前的古文，都还是有人研究。不过是一种专门的学问，不是人人要学的。将来白话文普通以后，古体文的运命也是这样。

这种改革，固然为中国普及教育上重大的事业，但专从国际间互相了解的方面观察，亦未尝没有关系。因为中国用了注音字母，又用了白话文，西方人学习中国的语言文字容易得多，便可以洞悉中国的人情风俗，与现今改进的趋势，不致时时误会，于国际上必很有益的。

东西文化结合[①]

1921 年 6 月 14 日

当 1919 年 9 月间国立北京大学行暑假后开学式，请杜威博士演说。彼说："现代学者当为东西文化作媒介，我愿尽一分子之义务，望大学诸同人均尽力此事"云云。此确为现代的重要问题。其中包有两点：（一）以西方文化输入东方；（二）以东方文化传布西方。

综观历史，凡不同的文化互相接触，必能产出一种新文化。如希腊人与埃及及美琐波达米诸国接触，所以产生雅典的文化。罗马人与希腊文化接触，所以产出罗马的文化。撒克逊人、高卢人、日耳曼人与希腊、罗马文化接触，所以产出欧美诸国的文化。这不是显著的例证么？就在中国，与印度文化接触后，产出 10 世纪以后的新文化，也是这样。

东方各国输入西方文化，在最近一世纪内，各方面都

① 本文是蔡元培在华盛顿乔治城大学的演讲。

很尽力。如日本，如暹罗，传布得很广。中国地大人众，又加以四千余年旧文化的抵抗力，输入作用，尚未普及。但现今各地方都设新式学校，年年派学生到欧美各国留学，翻译欧美学者的著作，都十分尽力。我想十年或二十年后，必能使全国人民都接触欧美文化。

至于西方文化，固然用希伯来的基督教与希腊、罗马的文化为中坚，但文艺中兴时代，受了阿拉伯与中国的影响，已经不少。到近代，几个著名的思想家，几乎没有不受东方哲学的影响的。如 Schopenhauer 的厌世哲学，是采用印度哲学的；Nietzsche 的道德论，是采用阿拉伯古学的；Tolstoy 的无抵抗主义，是采用老子哲学的；现代 Bergson 的直觉论，也是与印度古代哲学有关系的。尤（其）是此次大战以后，一般思想界，对于旧日机械论的世界观，对于显微镜下专注分析而忘却综合的习惯，对于极端崇拜金钱、崇拜势力的生活观，均深感为不满足，欲更进一步，求一较为美善的世界观、人生观，尚不可得。因而推想彼等所未发现的东方文化，或者有可以应此要求的希望。所以对于东方文化的了解，非常热心。

我此次游历，经欧洲各国，所遇的学者，无不提出此一问题。举其最重要者，如德国哲学家 Eucken 氏，深愿依 Dewey、Russell 的前例，往中国一游。因年逾七十，为其夫人所阻。近请吾友张嘉森（C. S. Chang）译述中国伦理旧说，新著《为中国人的伦理学》一书。法国的数学家 Painlevé 氏既发起中国学院于巴黎大学，近益遍访深通中国学术的人延任教授。英国的社会学家 Wells 教授与其同志与我约，由英、华两方面各推举学者数人，组织一互相报告的学术通讯社，互通学术上的消息。欧洲学者热心于了解东方文化，可见一斑了。至于欧洲新派的诗人，崇拜李白及其他中国诗人，欧洲的新派图画家，如 Impressionism、Expressionism 等，均自称深受中国画的影响，更数见不鲜了。

加以中国学者，近亦鉴于素朴之中国学说或过度欧化的中国哲学译本，均不足以表示东方文化真相于欧美人。现已着手用科学方法整理中国旧籍而翻译之，如吾友胡适的《墨子哲学》，是其中的一种。

照这各方面看起来，东西文化交通的机会已经到了，我们只要大家肯尽力就好。

在旧金山华侨欢迎会的演讲

1921 年 7 月 16 日

今日兄弟承诸同胞开会欢迎，非常感激。既有国歌表示同国人之互爱及感情，又有甄先生、王女士之音乐助兴。同胞聚首一堂，欢若兄弟，无党派，无意见，诚不可多得之机会。

欧美政党之目的，均在互相，唯办法较异耳。英国保守、自由、进步诸党，在平时亦颇党同伐异，各树一帜；大战后，睹国家前途之危险也，乃组织混合内阁，调融各党意见。中国古诗有曰："兄弟阋于墙，外御其侮。"平日意见，原不要紧，唯外侮至，则宜和衷共济耳。吾国四万万人，在外国者只居少数，倘不合群互助，难免不发生许多困难。况诸君热心爱国，当然希冀国家富强，倘国势衰弱，或国内同胞痛苦，诸君必蹙然不安。英国当危险时，则联合各党，共济时艰。试观今日中国之危险为何如者。

兄弟请先言军队。国家金钱，不用以兴利举废，而为兵所消耗，武人拥兵自雄，杀人盈野，以吾人脂膏，尽充军饷，全不想国家若危，己乌能安，此何故耶？彼等未受教育，眼光太小之咎也。然武人非能单独横行者，旁人若明白，何妨劝他，不听则去之，彼乌能为。然军官与兵往往助行不义者何也？彼等未受教育，不明大体，稍受恩惠，则报之以身。欧美各国之兵，均系国家的，而非个人的。吾国之兵，则皆是督军、师长之兵，杀人放火，唯命是从，此未受教育之过也。去害国之贼无他法，唯有令恶人受教育，否则恶人愈多，国事将愈不可问。

救国之道，害既应除，利亦宜兴。内政如警察、财政等，外国均办得有条不紊，在中国则亦混乱不堪，此何故耶？自欧战以至和平会开幕，除德意志外，别国均得利益，中国独失败，若言弱国无外交，则和会之希腊代表，何以大有名誉，此其明证也。试观英、日之外交，何等利害，何等敏捷；而吾国之山东问题，至今未决，此又何故耶？两国交锋，全恃军器。德军所以能打破比利时炮台者，赖有克鲁伯大炮及飞机、潜水艇等，此种军器，皆用秘密方法自造。中国则须由外国购买，焉能若人。

军战以后，商战最烈。中国天然物产之富，人所共知。大如矿产、机器，小如电灯、玻璃杯、布帛以及寻常日用之物，都有材料，唯中国人不知自造，以原料售诸外人，而购其制造品，使外人赚两倍钱。中国以农立国，农业之发达，本意中事。顾外国精研地质学，明田地肥瘠之原理及补救之方法，其他如机器、肥料等，精益求精，以此一亩地出产甚多，可供数十人；中国则纯用旧法，专靠人力，偶遇雨旱，饥荒随之，每亩地只能养三四人，是则中国之所以自夸者，亦不若人矣。交通为一国之血脉，美国铁路、电车、地道甚多，农产及制造品易于运输。美国煤油所以用诸中国乡间者，一因其制造精良，二因其交通便利。中国交通困难，虽有制造品，无法运输，以此工商业均不发达。

以上所述诸事，皆需人办，然中国缺乏人才，譬如开天津运河、造黄河桥，以及工厂、招商局，均聘外人为机师或舵工。人才何以缺乏？无教育故也。教育不分党派，即以三育论，任何党派，都喜欢身体强健，无有以体健为不好者。设有二人于此，其一有知识，其一无知识，则有知识者到处受人欢迎，无知识者到处被人厌弃。品行优美之士，如中国所谓不嫖不赌者，各党皆欢迎之，反是则必遭白眼。是三育为众人所主张，而非一党一系之私帜，已无疑义。

教育分普通、专门。所谓普通者，如青年人每年多少日在校读书，多少日在外；至于老年人，则凡图书馆、宣讲所、影戏、调查，随处皆教育。所谓专门者，如矿、农、工、商、法律、政治、外交诸科，均需专门人才或专门技能。至若殚数十年之力，潜究一科，虽平日无所发表，而一旦发明新法或新理，推翻陈旧，使全球食其赐者，亦在专门之列。

旧时大学与中小学校不相连贯，现时趋势则较异。改革最早者，莫如法国。全国划为十七个大学区，每区有一大学总理，不唯管辖该大学，并可管理该区之中小学校。大学与中小校联成一气，大学开会时，中小校教员均可莅会。大学毕业生多为中小校教员。美国大学之办法虽较异，唯亦有打通一气之趋势。例如加省大学有夏科，中小校教员可以往听。从前校外教育，例如［由］教育部办理；今则韦士康笙大学有通函教授，凡老年人不能（来）学者，发讲义使其自习；远方人不能来校者，则以函授；此外尚有标本及影戏片发往各处。英国乌克斯福大学直接管理邻近之校外教育，排演戏曲须大学鉴定；商店货物有不合道德或卫生者，大学可限制之。

德国古代大学，只有神学、哲学、法学、医学四科。其后弊端丛生，乃将农工各专门学校程度提高，亦给授博士学位，与大学打通一气。法国大学与高等专门初本分离，后乃联作大学。美国办大学较迟，故多采用新法，将有用之专门学问，如计学、新闻学等均包括在内，此大学之所以为大也。

中国办大学不过二十年，比较美国尤迟。当然可采用新法，视世界各国趋势，以定教育方针。用大学为中心点，指导各中小学校，俾有统系。顾中国歹人耗费国家金钱，好事反无力举办。国立大学只有四个。其中，天津之北洋大学，只有法、工两科。山西大学虽有四科，唯因交通不便，学生亦仅几百人。东南大学新办预科，其幼稚可以想见。美国私立大学很多，共有几百个。中国之私立大学，亦寥若晨星，北京则有中国、民国，上海则有大同、复旦，且经费均感困难。此外则有厦门大学，由陈嘉庚先生独捐四百万，办预科。国立与私立大学情形，略如上述。

力量较大者，唯一北京大学，有三千余学生，一百六十余教授，单独担任全国教育，唯力量有限，而中小学校太多，势难联成一气。因此想出新法数端：（一）学生组织讲演会，逢礼拜日讲演，与中小学校教员听；（二）教授创办孔德学校，概用新法，由小学一年始至中学末年止，定为十年；（三）办平民学校，夜间及礼拜日授课，无论男女老幼，均可往学；（四）组织平民讲演团，到处讲演。又办白话书报分发。不宁唯是，北大学生最关心国家大事。前年山东问题发生时，学生怕亲日派政府直接交涉，断送青岛，乃有五四运动，闹得很大。

吾今请言北大优待华侨子弟之法。照北大章程，凡欲入校者，须中学毕业，并应考三门功课，即中文、英文、算学，都有一定之程度。华侨子弟生长外国，英文、算学殊多佳者，唯中文终不及国内学生。北大欲除此障碍，已向教育部立例：凡华侨子弟投考者，中文虽不甚佳，亦准予取录。北大因经费不足，每年只招三百人，而与考者每多至千余人，势不能全数收纳。华侨子弟偶或英、算亦不及格或迟到，甚感困难，乃由大学生办高等补习学校。凡迟到或考不取者，均介绍入校，由毕业生做教员。此外，尚有华侨子弟在外国学校毕业，不谙中国语言文字者。余在荷兰属地，曾遇一华侨，以德文与我谈话，唯其专门学问已成熟，且甚热心，欲以所学贡诸祖国，所未习者，中国言文耳。从前华侨学会曾请北大开一特别班，补习中文，北大慨然允之。

北大担任之事，既为［如］此其繁重，唯力量则殊薄弱。教学一事，非如一碗水，历数器而成分不变者。现世界之学术，日新月异，大学教授须年年用功，传授新学；学生亦然。以此读书最为重要。今人之聪明无异古人，而事功胜于古人者，因古人已先立根基也。譬如为山，若因前人之土堆而增之，则成功自易，反之则难矣。譬如一店，若以货物出入单为标准，视何物缺乏而购之，则办理自易，反之则亦难矣。求学之法，夫岂异是。前人已有发明，或走了错路，写出书来，吾辈用其书而研究推索之，所得必富；若另寻新法，或再走错路，则费时多而成功少，不特此也。同时许多学者研究同样之问题，倘能互相观摩，互相切磋，采取他人之经验及发明，以补己之不逮，则事半功倍。譬如商店，必得各地行市报告，而操筹计赢焉，则无往不利。学问亦然。问题也，学理也，己所未能解决者，或他人已解决之；己所未能纠正者，或他人已纠正之。若不管他人之报告及所得结果，而独自苦心研究，浪费光阴，岂不可惜！

由是观之，书报之必不可少明矣。唯个人之财力有限，而书报之卷籍无穷，势不能尽买。然一问题往往需用许多书，而书中关系我之问题者，不过一小部分。若欲全购，欧美教员犹觉其难，中国教员薪资微薄，其苦当更甚。其唯一解决之法，莫若建设图书馆，使大家都可来看。况图书馆之用，不仅限于一隅。譬如北京大学图书馆，不唯北大学生可用，北京人及各省人亦可用，即诸位回国时或外国人欲研究任何问题，亦可径往参考。且图书馆之书籍，永远存在，万古不磨。若有图书馆，则北京大学虽不能留多生，莘莘学子尽可自己研究。似此，则无机会进大学者，亦可养成大学人才，其利益之大，罕有其匹。

兄弟知诸君必问，图书馆既有如许好处，为何不早办耶？此无他，经费问题而已。政府之困乏，诸位皆知之。近日报载，教职员因薪水久未发放，愤而罢工，嗣请教育部拨定经费二十万，分给八校，然犹费几许唇舌，未得实行。若望政府以几十万或百万去办图书馆，此事之尤难者也。北大同人睹此情形，早已觉悟，谓北大非政府立的（Government），乃国立的（National），为何只向政府商量，而置全国人于不顾耶！兄弟此次出来，评议会决定，劝海外同胞热心帮助。吾国同胞对于教育事业，向来热心。上海富翁叶澄衷先生曾捐巨款，办澄衷学校。富翁杨景清先生不以一钱遗其子弟，尽将生命所积蓄之十三万，捐办浦东中学。荷兰属地华侨陈嘉庚先生，拥九百万家资，既以五百万办小学、中学及师范，更以其余四百万捐办厦门大学；不足，则以其名义向戚友处募款千万，作基本金，义声大震。

吾等既闻好消息，希望企切。曾印有捐款条件，唯已散完，未能分发诸位。拟在此地再印，或将根据兄弟考察所得结果，加入几条。今请为诸位简括述之：（一）图书馆经费，定为美金百万。如有热心好义之富翁，如陈嘉庚先生一样，单独捐一百万者，即以其大名名图书馆。（二）如有捐十万或二十万者，则估量图书馆一部分之建筑费多少，藏书价值多少，以其大名名之，写作某人书库，永垂不朽。（三）照普通各大团体办法，以捐款多少定照相大小。（四）提［题］名或赠纪念章，表示谢意。

爱国之士，固不在此，不过留一纪念，使后人知之而已。兄弟此次经过纽约、费律特尔、波士顿、支加哥、温哥华，到处提出此问题，大家都极赞助。三藩市同胞素来热心，定能尽力捐助。兄弟感谢欢迎盛意，并望诸位帮忙。

考察欧美大学心得[①]

1921 年 7 月 19 日

兄弟不会说英语，且在中国学生会谈话，应用国语。但是有许多美国朋友在座，而且诸位都是懂英文的，所以请郭君译成英语。兄弟今日要报告此次考察结果，将欧美大学组织情形及其特性，与诸位一谈。在报告以前，略说中国古代教育。中国在西历纪元前，有两个大教育家，一是孔子，一是墨子。孔、墨教育含有三种性质：（一）专门教育，（二）陶养德性，（三）社会教育。孔子有普通学六种：即礼、乐、射、御、书、数。专门学四种：（甲）修辞学，（乙）伦理学，（丙）政治学，（丁）文学。孔子主张陶养性情，发达个性。其教人之法，为因材施教，其总的道德主义为中庸，与西哲亚里士多德相似。又极注重社会教育，故其收学生，无年龄界限及职业界限。墨子普通学

① 本文是蔡元培在卜技利中国学生会发表的演讲。标题为编者所拟。

未详。其专门学分三种：（甲）理科，内分数学与物理，（乙）名学，（丙）战斗学。墨子反对军事侵略，而主张防御，提倡建筑城墙，如今日之筑炮台然。可讲一故事以证明之。墨子，宋国人，楚攻宋，墨子率弟子至楚，求勿攻。见楚王后，楚王曰：吾非欲攻宋也，有人为我新造一攻城之机，欲一试之耳。墨子曰：无须攻城，可在室内小试其技，彼攻我守如何？王之机师公输子许诺。公输子九攻，墨子九破之。最后，公输子乃曰：吾知破汝之术矣。墨子曰：吾亦知汝知破我之术，汝欲将我害死耳；然此亦无用，吾有学生在，彼等皆知防御之术。楚王闻之，乃罢攻。此足证明墨子之专门学可靠。墨子陶养人格之法，主张自己刻苦，博爱众人，并包括社会教育。孔与墨之特点，均在以自己作模范，而不专恃口授。此古代教育之特别处。

由纪元前 2 世纪至 9 世纪，中国教育专重文学及考古学。由 10 世纪至现世，偏重养成人格。以此许多自然科学皆不发达。至近二十年来，中国始办新式大学。初办大学时，注重养成有用人才。兄弟在德、法较久，深悉德、法学制，故亦注重研究学问。中国学校因历史上关系，培养人格，应波［比］德、法重。一方面因社会需要，亦不能不并重社会教育，曾由北京大学教授与学生担任科学讲演，及创办平民学校，并发行白话书报，以增进平民知识。遇有国家重大事发生时，普通人民不注意，北大学生乃大声疾呼，为国民先导。

据此次调查结果，兄弟觉得，大学教育应采用欧美之长，孔、墨教授之精神。今请略述欧美学制。德、法大学专重研究学问，德国注重精细分析的研究，法国注重发明新法的研究。英国大学，如乌克斯福及康白尼哲，重在陶养学生道德，使成为缙绅之士，其方法有二：

（一）学校设许多规条，并定监学及罚款，以范围学生，而约束其人格。

（二）提倡合群运动，使其将来在社会上有合群之精神，而不互相倾陷。

美国大学之研究学问，与欧洲大学一样，其提倡合群运动，亦与英同，唯无规条约束学生耳。美大学还有两种特色：

（一）凡有用学问，如新闻学等，大学都可收入。

（二）设夏科与校外教育，则无机会进大学者，亦可来习。

照以上所述之欧美教育新法，与中国古代教授法，兄弟觉得应参酌兼采，包括下列三种：

（一）应包罗各种有用学问，及为真理或为求学问而研究的学科。

（二）陶养道德，一面提倡合群运动，一面用古代模范人格。

（三）中国社会教育很少，应学美国尽量发展。

以上报告，为此次考察结果。至于在美留学生，应利用而不可忽者，有数要点：

（一）运动的高兴，中国所短。美国人无论男女老少，对于运动，都兴高采烈。不唯自己运动时如此，即看他人运动，如足球、棒球之类，亦觉极有兴趣。此美国人长处，不可不学。

（二）美大学设备最完全，因欧洲经费不如美国之易筹。德国如是，法国亦然。即现代著名之法国克赖夫人，亦因经费缺乏，苦无试验仪器。美大学以经费充裕，仪器均购置齐备。此种机会不可忽，宜趁时利用，潜心研究。

（三）美国人服务社会之精神，不可多得。杜威博士尝言："人家说，美国人爱钱，产出许多大王来。其实，美国人会赚钱，亦会用钱。"其语甚确。譬如某友人在公司赚钱很多，然彼毅然舍去，专做公益事业，已历二十余年，虽赚钱无几，亦觉极有乐趣。中国社会事业，可办者正多，学生应有此种服务精神。

以上几层，留学生皆应注意。兄弟所欲言者如是，甚谢诸君盛谊。

知识问题[1]

人之求知识，与生理上之求营养相等。营养者，凭旧有之机体，吸收新养料而消化之，以增加体力，可以做工。非如瓶碟之类，任意装入食物也。人体不同，营养料不能完全相同。个人特性不同，教育者所授予之知识，亦绝不能完全相同。现在美国最通行之“知慧测量”法，若能用之极精，即可以决定选择知识之方法。最要者，不可凭一时政党之政策，或一种宗教家之主义为标准而选定之。如德国主张军国主义。旧日教育，在与普通人以一种零星之知识，造成国民为政府应用之器具；不与以综合之观念，是政治家利用之弊。

中国古代对于“知识”的观念，与“记忆”相似。所以用一个“知”字，与认识朋友之意相同。又用一个“识”字，与记得的识字相同。后来有人说：人心同明镜，

---

① 本文是蔡元培在檀香山中国学生会上的演讲。

如不受尘染，一遇外物，自然知其是非真伪。此是两种极端之说：一是偏重经验；一是偏重本能。现在采用折中说，就是认知识是凭着本有的能力，以同化作用，吸收新材料，组成统一的知识。

在北大欢迎蔡校长考察欧美教育回国大会上的演讲

1921年9月20日

兄弟这次出去，差不多九个多月。这中间学校里出了许多想不到的事情，我在外边，不能同诸位一样地尽责任，诸位偏劳了，不责备我，主席顾先生还赐我许多奖饰的话，实在是不敢当的。不过初次来校，还没有到诸位那边奉访，现在有这个机会大家谈谈，也是很好的。

我这次到外国去考察他们的教育状况，自然要参观他们的教育机关。不过，我们去参观他们，他们也当然要问问我们的教育状况。我们的教育办得如何，我们自己是知道的；但是到了这个时候，也就不能不说几句撑场面的话。尤其是在檀香山的太平洋教育会议席上，各国的代表都要贡献他国内的教育成绩，而我们正是首都国立高等学校陷于破产的时候，使人心里实在难受。但这是过去的事，不必多说他了。

现在，我先说对于此次教育风潮的意见。这种事情是极不幸的，我想在会诸君，一定人人都希望不再发生。不过，要它不发生，只有使政府同别国的政府一样，能够维持预算案的信用，我们才可以安然做事。但是中国的政府，我们向来就知道是不可靠的，如何能希望不再发生此等不幸？所以，平时一定要有点预备，方不致临时失措。现在，我们觉得以前所用的罢课手段，实在牺牲太大了，罢课这么长久，而所收的效果，不过如此，这实是初料所不及的。我以为罢课是一种极端非常的手段，其损失比“以第三院作监狱”及“新华门受伤”还要厉害得多，因为想不到的一时的横逆，例如被狗咬、被疯人打，是无论如何文明的地方都不能免的，不算了不得的耻辱。独有我们唯一的天职我们不能不自己放弃它，这是最痛心的事。教育家认教育为天职，就是一点没有凭借，也要勉强尽它。古代的孔子、墨子，何尝先求凭借？就是二十年前，私立学校，不是有许多尽义务的教员么？现在，我们为教育所凭借的经费而逼到罢教，世间痛心的事，还有过于此的么？

我想已往的算是上了当了，不必再提，现在要研究后来的。我们最好是使它不能再到那样困难的境遇。现在已经上课，总算我们已经有了可以回旋的余地，应该赶紧想办法。我已将半周刊看过一遍，中有主张收归国民自办的，其方法为不纳租税等等。我想这主意是很好的，其方法我想最好是发行教育公债，这债票可以去纳租税，这就是将教育费从由政府间接取得的变成直接向国民取得了。这是我一时想到的，其办法当然是复杂的，须待详细商议。

还有，政府要办所得税，以十分之七做教育经费，引起全国人的反对——即办教育的人亦反对。这实在并非根本反对所得税，是反对由这种政府来办。所以，我想只要有极周密的办法，使这钱不至被政府挪移，完全用在教育或实业上，我们应当赞成的。

我这次出去，有两件任务，就是调查高等教育及为本校图书馆捐款，也可以略略报告。我的考察，于大学外，并及博物院等，用极短时间，经过多数地方，所以没有细细地考察，所得的材料没有读过就寄回北京的，也就不少。一定要用功整理一番，才能为有系统的报告。现在只能略叙我的感想。

从前胡适之先生曾提出提高与普及两语，正可借以形容欧美大学学风的特色。大约欧洲大学是偏重提高的。但就有几千几万学生，并不希望他们个个都成学者，不过给他们一种机会。有研究的能力与兴会的，都可以利用图书馆、试验室，在教员指导之下自由研究，而教员也是不绝地研究。老点的教员，不必教授，也许他支一定俸给继续研究。他们研究有得，自要报告，但并不拘以期限，这是偏重提高的。美国大学最多，大学生亦最多。女生的数，不弱于男生；偶有一二大学，女生比男生还多的。大学的目的，要把个个学生都养成有一种服务社会的能力。社会上需要的技术，不在中等普通学校范围的，都可在大学设科。而且一切文化事业，都由大学包办，如巡回图书馆、巡回影戏片、函授教育等等。在工商业的都会，大学就指导工厂、商业；在农业的州府，大学就指导农人，这是偏重普及的。但欧洲大学教授也有暑期讲习会，或平民大学等，谋知识的普及。美国大学，近来也渐渐注重研究。有几个大学，全以教习与学生共同研究为主旨，还限定学额的。这可见提高与普及，本是并行不悖。

回头看我们自己呢，设备既如此不完备，可以聚而共同研究的人又很少，对于世界科学，还没有什么贡献，可以说是提高么？对于社会，除了少数同学所办的平民夜校及平民教育讲演团而外，也没有尽全体的力替社会做什么事，可以说是普及么？这是我们应当猛省的。

图书馆捐款的事，在美国的北大同学，很肯尽力。我自纽约到檀香山各处，对华侨也屡次演说，承他们各团体的领袖都热心赞同，允代为募集。但现在还无成数，我想能捐到几十万，第一要紧，就是建筑图书馆的新房子，以能免火险为主。这一回罢课时期内，不是有人放火么？因这种房屋作图书馆实在危险得很。但是几十万元的款，不能全靠国外的华侨，还要在国内募集。我在外即闻本校教职员议决，捐罢课期内一个月的薪水给图书馆，我即以此到处告人，并且旧金山、檀香山的报纸也登载了。我很希望诸位即日实行，有了这个，我们向外人募捐，也格外好开口一点。

我今日想到的，不过这几件事。我谢谢诸位的盛意。

非宗教运动[1]

1922 年 4 月

我曾经把复杂的宗教分析过，求得它最后的元素，不过一种信仰心，就是各人对于一种哲学主义的信仰心。各人的哲学程度不同，信仰当然不一样，一人的哲学思想有进步，信仰当然可以改变，这全是个人精神上的自由，断不容受外界的干涉。我愿意称它为哲学的信仰，不愿意叫作宗教的信仰。因为现今各种宗教，都是拘泥着陈腐主义，用诡诞的仪式，夸张的宣传，引起无知识人盲从的信仰，来维持传教人的生活。这完全是用外力侵入个人的精神界，可算是侵犯人权的。我所尤反对的，是那些教会的学校同青年会，用种种暗示，来诱惑未成年的学生，去信仰他们的基督教。我的意见，曾屡次发表过了，最近作《教育独立议》，很说教育事业，不可不超然于各派教会以外的理由，并说应规定下列三事：（一）大学中不必设神学科，但

① 本文是蔡元培在北京非宗教大同盟讲演大会上的演讲。

于哲学科中设宗教史、比较宗教学等；（二）各学校中，均不得有宣传教义的课程，不得举行祈祷式；（三）以传教为业的人，不必参与教育事业。我的意思，是绝对地不愿以宗教参［掺］入教育的。今年忽然有一个世界基督教学生同盟，要在中国的清华学校开会。为什么这些学生，愿意带上一个基督教的头衔？为什么清华学校愿给一个宗教同盟作会场？真是大不可解。凡事都是相对待的，有了引人喝酒的铺子与广告，就可以引出戒酒会；有了引人吸烟的公司与广告，就可以引出不吸纸烟会；有了宗教同盟的运动，一定要引出非宗教同盟的运动，这是自然而然的。有人疑惑以为这种非宗教同盟的运动，是妨害“信仰自由”的，我不以为然。信教是自由，不信教也是自由，若是非宗教同盟的运动，是妨害“信仰自由”，他们宗教同盟的运动，倒不妨害“信仰自由”么？我们既然有这“非宗教”的信仰，又遇着有这种“非宗教”运动的必要，我们就自由作我们的运动，用不着什么顾忌呵！

北京大学成立第二十五年纪念会开会词

本校自从京师大学堂开办以来，到了昨日，恰恰满足二十四年，今天是二十五年的第一日。本来打算满了二十五年再来开个纪念会，表示我们庆祝的意思。不过，回想从前二十周年的时候，也曾开过一个纪念会，当时抱了种种计划，要想在这五年内积极进行。不料中间经过许多困难，所抱的计划还有不能完全实现的顾虑。今天这个纪念会，是要想振起精神，在这一年内好好地预备一下，在明年开会时果然实现预定的计划，这是今天开纪念会的缘故。

我个人的感想：本校在这二十四年中可分三个时期来说。

第一，自开办至民元，十数年中经过好多波折。这个时期，学校的制度大概是模仿日本的。当开办的时候，北京环境多是为顽固派所包围，办学的人不敢过违社会上倾向，所以，当时学校的方针叫作“中学为体，西学为用”。故读者、学者大都偏重旧学一方面；西学方面不容易请到好的教习，学的人也不很热心，很有点看作装饰品的样子。

但是，中学方面参用书院旧法，考取有根底的学生，在教习指导之下，专研一门，这倒是有点研究院的性质。

第二，自民元至民六。民元时，始将经科并入文科，当时署理校长的是严又陵[1]先生，自兼文科学长，其他学长也都是西洋留学生。当国体初更，百事务新，大有完全弃旧之概。教员、学生在自修室、休息室等地方，私人谈话也以口说西话为漂亮。那时候，中学退在装饰品的地位了。但当时的提倡西学，也还是贩卖的状况，没有注意到研究。

第三，自民六至现在。这几年中，因为提倡研究学理风气，以工科归并于北洋，仅设文、理、法三科。又为沟通文理科及采用教授制起见，将学长制取消，设各系教授会，主持各系的事务。最近又由各系主任组织分组会议，凡此种种设施，都是谋以专门学者为本校主体，使不至因校长一人之更迭而摇动全校。课程一方面，也是谋贯通中西，如西洋发明的科学，固然用西洋方法来试验，中国的材料，就是中国固有的学问，也要用科学的方法来整理它。

我现在还有一种希望，就是明年今日：第一，无论如何困苦经营，必定要造成一个大会场，不要再像今天这样在席棚里边开会。还要造一所好的图书馆，能容多数人在里边看书。第二，到明年今日，至少也要有关于世界上最重要最有价值的三部丛书，照二十周年所预定的能印出来。第三，我们学校经过二十四年，还没有一个同学会，现在如戊戌同学已经成立了戊戌同学会，分科毕业同学会也已经成立，今天都有代表到会。希望一年内能组织一个普遍

---

① 严又陵：严复，字又陵、幼陵。

的同学会。

以上三种希望，不过是我们的最低限度，若能有比这更多的成绩，那就更好了。

今天承教育总长、毕业同学都派了代表来，汤尔和博士等也都到会，我们应该表示感谢，并请他们赐教。

国民裁兵运动大会演讲

1922 年 10 月 10 日

现在当将裁兵之意义及必要，为各位述之。我国今日之穷乏，尽人皆知，而其原因，则岁入大部分用于军费，饱军阀之私囊，想谋治安，必打倒军阀。想打倒军阀，必先裁去为军阀羽翼之兵士。政府中人，虽有主张裁兵，奈力量薄弱，不但不能实行，且动辄受制于军阀，自决之道，为我等国民唯一之责任。不知者，谓国民赤手空拳，焉能与有枪阶级奋斗，其实国民之精神凝结坚固，大足战胜十万毛瑟。试观各国之革命史，无一不由国民发动，就中国言，其成绩极为显著。袁世凯当国，声势赫耀，洪宪自为，大拂国民之心理，群起反抗，卒乃推翻。张勋复辟，国人非之，不数日，张勋鼠窜，其势力铲除净尽。迨后安福部横行中国，无人不侧目相视，不久安福竟成历史上之一名词。他如交通系利用军阀，僭窃国柄，国民不予赞同，鸣鼓相攻，今皆销声匿迹。凡此数者，皆我国民积极奋斗严重示威之成功。中国之兵，计统有一百六十余万，为世界各国最多兵额之国家，国中有识之士，亦知兵多害国，兵多病民，倡为裁撤之说，发为议论，载之报章。顾其宣传力不大，不足引起军阀之注意。今日裁兵运动，为全国国民反对兵与军阀之一种表示，亦为国内政治史上破天荒之现象。鼓勇努力，督促政府，使以国民之意思为意思，克日实行。在政府方面，有服从人民意思之义务，人民之主张如何，政府只有采行之权力，并不能有所抵抗，我等人民之权利所在，亦不应自弃其天职。况今日之事，有切肤之利害，国民宜一致奋斗，一方面宣告军阀之死刑，一方面唤醒为军阀奴隶之兵士。政府若不履行我民之意思，则为政府背叛国民，国民为驱除公敌计，当毅然下最后之决心，推倒此讨好军阀之政府。此为生死关头，权利所在，加入运动之诸君，须一致努力，一致奋斗。至裁兵之方法，请丁慕韩先生讲演。

市民对于教育之义务[①]

1922 年 12 月 25 日

听说北京的自治团体，已经发起了几十处，我从没有参与过。因为我听说那些团体，都是为竞争选举权利而设的。独有贵会，据会长张君说，是专尽义务，不争权利，我所以愿意说说市民的义务。市民义务，本来不少，例如公共卫生、贫民生计、破除迷信、提倡互助，都有尽力的要求。我是服务于教育的人，觉得对于教育的义务是第一事。即如公共卫生，必须人人知道卫生的原理，明了卫生的设备，然后可以实行，这非先受一种卫生的教育不可。筹划贫民生计，须提起彼等自立的精神，授以适当的知识与技能，这非使先受一种职业教育不可。又如破除迷信，非受科学教育不可；提倡互助，非受道德教育不可。所以我愿意说说市民对于教育的义务。

我曾经听学务局王画初局长说过，北京学龄儿童约十

① 本文是蔡元培在京师市民会上的演讲。

万人，现有小学五十一所，若将高小与国民分别计算，可称九十余所，仅收容学生三万人。又有私塾五百所，每所以学生二十人计算，约收容一万人。若再增设小学六十所，就可多收容四万学生；再把原有的小学扩张起来，十万儿童，均可进学了。这种增设与扩张的计划，不就是我们应尽的义务么？

而且教育绝不是专为儿童而设，凡有年长的人，无论其从前是否进过学校，也不可不给他有一种受教育的机会，例如补习学校、平民大学等。

教育亦并非全靠学校，如演讲会、阅书报室，都是教育；如动物园、植物园、博物院、图书馆、戏院、影戏馆都有教育的作用。现在北京虽有农事试验场、古物陈列所，范围太小，材料太少。有一个京师图书馆，只有旧书。戏院所演的都是旧戏，没有按照新理想创造的。影戏片也不经取缔。这都是市民应该尽力的。

北京普通学校的经费，向来由中央政府支拨。近因财政紊乱，教育经费或数月不发，致有罢课的举动，并有教职员直接向教育部坐索薪俸的举动，闹了许多笑话。其实此等教育市民子弟的经费，当然由市民分担。若市民有适当的办法，全市民教育经费可完全不受中央财政的影响。这也是我们应当注意的一件事。

在上虞县春晖中学的演讲[①]

1923年5月31日

兄弟在北京时，经校长时常和我谈起春晖中学的情形，原早想来看看。此次回到故乡，又承五中沈校长邀同来此，今日得和诸位相会，非常欢喜。到了这里，觉得一切都好，所可说的只有羡慕诸君的话。我所羡慕诸君的有三：一是羡慕诸君有中学校可入；二是羡慕诸君所入的中学校是个私人创立的学校；三是羡慕诸君所入的学校有这样的好环境。

中学时代，是人生中最重要的一段。一切身体上、精神上、知识上的基础，都在这时代中学成。就身体上说，我们在这时候，正在发育时期。要想将来有健全的身体去担当社会事业，就非在这时候受正当的体育不可。就知识上说，凡是学问都不是独立的，譬如我想研究化学，就非知道数学、生物学、物理学等不可，如不在这时候修得普

---

① 本文是蔡元培在浙江上虞春晖中学的演讲。

通知识，受到普通教育，将来就不能研求正当的学问。这时期无论在何种方面来看，都是重要关头，如果不让他好好地正当地经过，就要终身受亏。回想我从前和诸君一样年纪的时候，要求入中学而不可得，因为那时候还没有这样的一种机关。虽然读书，也无非延师教读，在家念点经书，作点当时通行的八股文而已。到了现在，身体不好，不能担当什么大事，虽想研究一种学问，可是根底没有，很觉得困难。譬如我想研究哲学，或是什么学科，但因没有数学、生物学、化学等的知识，就无从着手，要想一一重新学习呢，年龄已大，来不及了。这是我所常常自恨的。

中学一面继续着小学，一面又接着高等教育。诸君在小学时，大概都还不过是因了兴味而学习种种事情，对于各种，所得的不过是大约的概括的头绪，并未曾得着过分析的知识的。中学的功课比之小学，较为分析的，将来到了专门大学，那分析将更精细。诸君已入中学，较在小学已更进一境，小学虽不过因了兴味来学习种种，在中学校，却不能只凭兴味，比之在小学时，要用点苦功下去，要格外精细地研究了。至于毕业后，或就去任社会事务，或去升入专门，各有各的一条路，分析将又细密，用力自然将又加多。但只要这时打好了根底，那时也就没有什么困难了。最重要的就是现在。关于各科，要好好地用功；身体要好好地当心，不要把它错过。这时代留意一分，终身就享受一分的利益，自己弄坏一分，终身就难免一分的吃亏。我回想到自己当时不得受中等教育，至今吃了不少的亏，所以对于今日在座的诸位，觉得很是羡慕。诸君生当现在，有中学可入，真是幸福。

现在中学已多，有官立的，有私立的。诸君所入的中学，却是一个个人创立的学校，尤为难得。这春晖中学是已故陈春澜先生独立出资创设的。他何以要出了许多私财来创立这个春晖中学呢？他虽有钱，如果不拿出来办这个学校，试问谁能强迫他，说他不是？可知他的出钱办学，完全出于自己的本心。他因为有感于自己幼时，未曾得到求学的机会，有了钱就出钱办学，使大家可以来此求学，这一层已很足使我们感动了。我们要怎样地用功，才不致辜负他这片苦心！春澜先生出钱办学时，想来总希望得着许多善良的学生，绝不愿有坏学生的，我们要怎样地努力做好学生，才不致违反他的希望！我们人类，在生物中，无角无爪，很是柔弱，而能发达生存者，全在彼此互助；只顾一人，是断不能生存的。自己要人家帮助，同时也须帮助人家。譬如有能做工的，就应去帮助人家做工；有能医病的，就应去帮助人家医病。这样大家彼此互助，世界上的事情才弄得好。春澜先生出了这许多钱来办这个学校，于他自己是丝毫没有利益的，虽用了“春晖”二字做校名，他老先生死了，还自己晓得什么。他的出钱办学，无非要为帮助我们求学，他这样帮助了我们，我们将怎样地学他去帮助别人呢？这校的历史，种种都可以鼓舞我们，勉励我们。诸君得在此求学，比在别校更容易引起好的感想，更多自振的机会，这也是可羡慕的一件事。

春澜先生出钱办学，不办在都会，而办在这风景很好的清静的白马湖，这尤足令人快意。凡人行事，虽出于自己，但环境也支配人的行为。人受环境影响，实是很大。

孟母三迁，就是为此。譬如我们，如果置身于争权夺利的人群中，不久看惯了，也就会争权夺利起来，不以为耻了。此地白马湖四周没有坏的事情来诱惑我们，于修养最宜。风景的好，又是城市中人所难得目睹的，空气清爽，不比都会的烟尘熏蒸。这里所有的东西，在都市里都是难得办到的，或不能办到的。在都市的学校，要觅一个运动场不可得，而此地却有很宽大的运动场，并且要扩充也容易。都市中人要花许多旅费才能领略的山水，而诸君却可朝夕赏玩，游钓任意。诸君要研究生物，标本随时随处可得；要研究地理，随处都是材料；天上的星辰，空中的飞鸟，无一不是供给诸君实际上的知识。此地的环境，可以使得诸君于品格上、身体上、知识上得着无限的利益，我很羡慕。

又，人生在世，所要的不但是知识，还要求情的满足。知识的能力，足以征服自然，现在的电灯，较古时的油灯进步；现在的飞机、轮船、火车，较古时的舟车进步。古人虽有很好的心思，但因为被偏见所迷，以为异国人或异种人是可以杀的，或是可以食的，遂有种种残忍不道的危险。现在知识进步，已逐渐把这种偏见除去了许多了。知识上的进步，可以使人得着安全的生活，现在一切穿的、吃的、用的，都好于从前，一切都比从前危险少而利益多。某事怎么去做才便利，怎么去想法子才安全，这都是从知识上计较打算来的。知识的进步，正无限量，将来还不知道有怎样安全快乐便利的生活可得哩！可是人类于知识以外，还有情的要求。世间尽有许多人们，物质的生活虽已安全舒服，心里还觉得有许多不满意的。一个人虽不能全没有计较打算，但有的却情愿做和计较打算无关系的事，不如此，就觉得不快，这就是爱美的情。人有爱美的情，原是自然而然的。野蛮人拾了海边的贝壳，编串为各种的式样，挂在身上，或于食了动物以后，更在其骨上雕刻种种花样，视以为乐。乡间农人每逢新年，欢喜买几张花纸贴在壁上，有的或将香烟里的小画片粘贴起来。这在我们看去，或以为不好看，但在他们，却以为是很美的。又如有人听唱戏，学了歌，便喜欢仰天唱唱，或是弄弄什么乐器，这都是人类爱美的心情的流露，也可以说是人与动物不同的地方。其实动物中有许多已有爱美的表现，如鸟类已有美音和美羽。美的东西，虽饥不可以为食，寒不可以为衣，可是却省不来。人如终日在计较打算之中，那便无味。求美也和求知识一样，同是要事。古来伦理学者中有许多人将人生的目的，完全放在“快乐”二字上面，以为人生的目的，无非在快乐。这虽一偏之见，但快乐很是要事，物质的快乐，有时还不能使人满意，最要紧的就是情的满足。人如果只为生存，只计较打算利益，其实世间没有不可做的事。可是在有一种人，自己所不愿的事，无论怎样有利于己，总不肯做；自己所愿做的事，无论如何于物质的生活上有害，还是要做，甚至于牺牲生命，也所不惜。这就是所谓高尚。高尚也是一种美。我们人类不愿做丑事，愿做美事，就是天性爱美的缘故。若只为生存，还有什么事不可做呢？人不能绝对地不顾自己，但也不能绝对地只求利己，有时还要离了浅薄的自利主义，为别人牺牲自己的一部分或是全体，才能自己满足。譬如陈春澜先生出资办学，就是牺牲行为之一，他并不知后来在校求学的是哪一个，于自己有何利益，却肯出资办学，这就是高尚的美行，我们应该学他的。那么我们怎样才会能牺牲自己呢？我们做人，最要紧的是于一日之中，有一种时候不把计较打算放在心里，久而久之，自然有时会发出美的行为来，不觉而能牺牲了。用了计较打算的态度去看一切，一切都无美可得。譬如田间的麦，有人以为粉可充饥，秆可编物、燃火，有人离了这种见解，只赏玩它的叫作“麦浪”的一种随风的波动。又如有人见了山上的植物，以为果可做食品，根可做什么药的，有人却只爱它花的色样或枝叶的风趣。又如有人在白马湖居住了，钓鱼来吃，斫柴来烧，有人却从远远的城市，花了许多钱跑来看看风景，除此外无所求。这两者看法不同，前者是计较打算的，后者是美的。人能日常除去计较打算，才会渐渐地美起来。

美有自然美、人造美两种，山水风景属于自然美，绘画音乐等属于人造美。人造美随处可作，不限地方，如绘画、音乐在城市也可赏鉴的。至于自然，却限于一定的地方才可领略，人在稠密的城市中，难得有自然美，所以住在城市的人，家家都喜欢挂山水画，他们四面找不出好风景，所以只好在画中看看罢了。诸君现在处在这样好的风景之中，真是难得的好机会，我很羡慕。诸位将来出去到社会上任事的时候，我想必定要回想到白马湖的风景，因为那时必无这样的好山好水给诸君领略了。在这几年中，务必好好地领略，才不辜负了这样的好地方。

以上是我对于诸君所羡慕的三桩事。如前所说，中学时代是终身中关系最重的一段，诸君既入了中学，身体、知识都要趁现在注意留心。这校的历史，足以使诸君发生至好的感想，宜格外自励，不可错过机会。此地有这样的好风景，是别处所不易得的，趁现在有机会要请诸君好好地领略。最要紧的就是现在了。

在绍兴五师五中女师联合大会的演讲

1923 年 6 月 6 日

承蒙五师、五中、女师三校长不弃，得来此谈话，很觉荣幸。

近几年来，我在教育界做的事，很宽泛。对于中等教育，也没有什么把握。今天上半天，虽则各校去参观一下，但还是没有话说，一则时间的关系，二则用不着恭维。那么，现在就将近年来学生犯的通病依赖心来和诸位谈谈。诸位有没有这个毛病，我可不去管他。总之，对于诸位，或许有一点点补益。

诸位要晓得，学生是最要紧的时期，也是最容易产生依赖心的时期。依赖心有多种：第一就是依赖年级制。因为横直是四年毕业，师范五年。用功的也是四年，不用功也是四年，就模模糊糊地鬼混了去，能够骗到一张毕业证书就算了事，一点没有进取心。监督的人宽一点，就大大养成了一种惰心。第二就是依赖考试。因为考试是升级的重要关头，一年级考得及格，就升二年级了，四年级考得及格，就能毕业了，那么，就想出混考试的方法了。这种方法，我很希望诸君引以为戒。因为平日是不去看它，一天一天的讲义堆积起来，到了考试时期将临了，就将那些讲义拿到教师面前，以为这样多的讲义，我们怎样预备？于是向先生商量，要求范围，有了范围了，就拼命去用功。有许多学校，将考试的时候，往往停课温习考试去了，就像没有事情一般，讲义不事［知］道早已放在那里，怎样急来抱佛脚的行为，往往弄出许多毛病来。对于自己，仍没有进益。况且功课是前后有关系，前头不明白，后面恐怕也难以明了。譬如学算术、读英文和旁的学科，统是一样。假使诸位要诚心求学，应该将早日的功课，切不可轻轻地抛过去。并且还有一种要留意，就是功课应该自己先去温习，或说是预备，将未曾教过的书，自己先去研究一下，后来先生教起来，容易明了。譬如初到绍县，对于绍县的道路，罔无头绪，虽则经过别人引导一次，但是第二次恐怕仍不大明了。这就是第一次走路的时候，脑袋里一点不去思考，也一点不去怀疑，以为从他就是了，可是第二次仍不知道。所以，未走以前，最好路线图看过，自己也记牢，就是第一次没有人引导，也恐怕不会错了。所以，功课自己先去看过，比先生讲一次的得益多，到了先生讲的时候，那就有头绪了。讲过后再去复习一次，那就不容易忘却了。像英文科，自己将生字先去查考出来，虽则一个字有时候有许多解法，自己不能断定，但是经过了一番自修，脑筋上总印着深深的痕迹。其他如矿物、植物、物理、化学等科，非机械地记牢不可。并非死依教科书就算了事，应该要和实物比较。

总之，无论什么科学，从比较而分，诸位实地去考察，得益恐怕胜过书本。既然要去实验，当然要许多仪器，还要想良教师指导和作业室、实验场。我晓得诸位定不满意学校如何不完备，如何不完善，这固然是不错。实在我们静静地想，起先，外国的发明家，他实在可说一点没有仪器，烟管当吹火管，家常所用的什物，就是他的仪器。可知研究科学，并非要如何如何才能可以研究。况且，诸位校里还有一点点、至少一点点的仪器。所以我劝诸位，研究科学，并非完全依赖仪器，实在也要自己去研究。

诸位到这里来读书，有教师负责；在家时，有父兄负责。我觉得，从前学校里往往有闹膳厅的风潮，起初，专门去责备厨子，自己也不去想想，这几块钱有多少好的东西可备。后来，觉得厨子不相干，乃责在庶务，而职员好像厨子，是万能的，饭应该怎样，菜应该怎样，假使设身处地，恐怕也难怪厨子。我想，有许多风潮，或是对于教员，或是对于校长，千万不可当作万能看。虽则校长或教员做错了事，应该将事论事，向校长去问。或许是自己的误会；或者的确是校长的错，他并不承认。为母校计，为社会计，于是（将）这场事情的始末告诸大众。不要依赖全体学生的名义去压制，或者假造几条罪状——任用私人，侵吞公款，依赖这几块招牌，或者依赖报纸来鼓吹。实在不必去假造依赖，只将事情宣告出来，就是他的证据了，又何必假造呢？这就是依赖心的不好。以上讲的，是关于学校方面的。

现在将社会有关系的来说。近几年来，你们对于社会事业，非常热心，这是很好的现象。美国之学校，都以社会事业为材料，由社会里得来，加诸研究，再供给于社会，然而也须择其相宜之点。因为我看很有依赖大题目的，挂着一块大招牌，倚着大众，大众做，我们也做。譬如抵制日货，若果大众赞成去做，我们不能去做，可是单只和商家为难，是否完全之策？我要讲，假使我们中国与日本易位以处，我们中国夺了他们日本的大阪或神户等地，日本人一定不如我们的这样柔弱，非即刻用兵来复仇不可。但是，反之，我们受了他们的许多耻辱，如旅大问题等，那么，我们为什么不和他们开战？这是你们都知道（的），因为军器不利，子弹又缺乏的缘故，所以，只有暂行苦肉计，以抵制日货、绝交经济，使他们国里的平民（劳工等）受着压迫，起了反响，倾倒他们军阀的侵略主义才是。然而也未尽如此。譬如新、嵊、□□□的土匪涨炽得很；又如五师的校舍，破落不堪，都须我们自己来解决。你们看，中国的兵虽多，但是吴佩孚也只有纸上谈谈，究竟做不得。我们倚赖军阀做什么！吾人须知，外国为什么无军阀？因为他们很能用兵，有用时，全国皆兵；无用时，则无一兵。譬如美国，本来少兵，及欧战最激烈时，骤然增至二百万之多。为什么一时能召集许多兵呢？这不是别人，就是学校里的学生，他们平时在校着重体育，所以即刻就是可去当兵。至于平时养的兵很少，无非兵即学生，且极普遍，国家有衅，即可出战。所以我们受教育，也该养成普遍而健全的能力。须知体育，并非踢足球、赛篮球等的偏面的注重，要平均练习，使身体完全发达。到了这时，政府就是可召集许多民军来做事，如地方上土匪患祸时，就用民军自来剿灭。一面可减缩军阀，一面（解散）时也很简单。我以为这样解决，比抵制日货更重大些。

近来，你们还有一事正在进行，就是灭蝇，原是很普通而切要的问题。虽说非出诸君之自动，可是为卫生、为除蝇之污毒起见，就是出资本为之亦宜。如我们绍兴人应该注意的河道，厕所、粪缸杂䅟其旁，无论什么污物或食物，都在河里洗濯，这种我们也须设法改革。上海人为什么发起灭蝇？因为上海都还清洁，只有苍蝇足以妨害他们。至于我们绍兴人，虽灭完了蝇，然而足使我们害病的，还是很多。我记忆起五年前，我曾提出二事：一棺木，从前小教场一带很多，现已移去；二粪缸，仍除不脱。其原因，无非农事兴旺，必须用自然肥料，虽不足，农夫尚须出钱购之。然而这种肥料之发污，对于人民清洁上的关系重大得很，要设法，也须一面对农夫有益，一面为公众卫生除害。我也有点想法：以鉴湖之水通进自来水管作饮料；另设粪公司，除却污口。要使人人知道卫生的重要，人人须有这种常识。还有，譬如小江桥下的河，急宜将河沿之旧屋一概打倒，用以填河，筑成马路，可通汽车、电车，较之现在乘坐黄包车有趣得多，就是比用二人抬的轿子也有趣得多。所以要卫生，并非做不到，只要大家弃了目前的小利，竭力去宣传，一传十，十传百，百传千，使个个人都知道它的利弊，达到不得不去做的地位。譬如数千年来之专制政府，根深蒂固，哪里容易动摇！可是久为之，竟有辛亥革命之一日。这就是大家着力，依赖自己的功夫。我的意思只有如此，我又觉得混杂。总之，我的话：须自动而去除依赖性，那么，无论什么事，就可做得到的。

中国的文艺中兴（节选）[1]

1923年10月10日

鄙人今日的讲题，为《中国的文艺中兴》。中国虽离欧洲很远，而且中国的语言文字，欧洲人很不易懂，因此中国人的思想，很难传过欧洲来。在西方所得到的中国消息，多是由游客的记述、多少著作家对于中国的著作和日常报纸所录的短小新闻等等得来。但游历的人往往仅在中国居住几个月，就以为游完中国，他们所见的，自然多是皮毛的事。描写中国的著作家，大多数也是没有很精深的观察的。至于日常报纸的新闻，真实的地方更少。所以中国的真面目，往往被他们说错。

考欧洲的群众，多以为中国是一个很秘密的、不可知的地方。其实照懂得欧洲也懂得中国的人看来，中国和欧洲，只表面上有不同的地方，而文明的根本是差不多的。倘再加留意，并可以察出两方文明进步的程序，也是互相

[1] 本文是蔡元培在比利时沙洛王劳工大学的演讲。

仿佛的。至于这方面的进步较速，那方较迟，是因为环境不同等等的缘故。欧洲历史上邻近的国家，大都已经有很高的文明，欧洲常可以吸收他们的文化，故“文艺的中兴”在欧洲久已成为过去事实。至于中国，则所有相近的民族，除印度以外，大都绝无文明可言。数千年来，中国文明只在他固有的范围内、固有的特色上进化，故“文艺的中兴”，在中国今日才开始发展。

鄙人今试将中国文明在时间上进化的程序说来，并将他和欧洲文明进化的程序略为比较。欧洲文化最远，推源埃及，其次是希腊、罗马。后来容纳希伯来文化，演成中世纪的经院哲学。后来又容纳阿拉伯文化，并回顾希腊、罗马文化，演成文艺中兴的学术。仅此科学、美术，积渐发展，有今日的文明。

中国的文化，自西历纪元前 27 世纪至 20 世纪，有农、林、工、商等业，有封建与公举元首的制度，有法律，有教育制度，有天文学、医学，有音乐、雕刻、图画，正与埃及相类。

从纪元前 12 世纪到 3 世纪，所定的制度，见《周礼》一书的，从饮食、衣服、居室，到疗病、葬死，都有很详明的规划；农业上已经有地质学、化学的预备；工业上开矿、冶金、陶器等，都已有专门的研究；教育上自小学以至大学，粗具规模，且提倡胎教方法；美术上音律的调节，色彩与花纹的分配，材料与形式的选择，都很有合于美术公例的。那时候，说水、火、木、金、土五行的箕子，很像说天气水土四元的；专以人生哲学为教育，而以问答为教授的孔子，很像由玄学演出处世治事方法的老子、庄子，很像以数学、物理学、伦理学、政治学、道德学教人的墨子，很像其余哲学家、法学家，与希腊、罗马时代学者相像的，还有许多，时代也相去不远。所以这个时期的文明，可以与欧洲的希腊、罗马时代相比较。

从西历纪元 1 世纪起，印度佛教传入，与老子、庄子的玄学相接近，而暴进一步，所以大受信仰；这一时期内翻译的、著作的都很多，而且建设几种学派，为印度所没有的，比较欧洲的新柏拉图还要热闹。

11 世纪以后到 17 世纪，讲孔子学的学者，采用印度哲学，发展中国固有的学说，他们严正的行为，与相像；他们深沉的思想，与相像。这一时期可与欧洲中古时代的文明相比。

10 世纪起，有许多学者专门研究言语学、历史学、考古学，他们所用的方法，与欧洲科学家一样，这是中国文艺中兴的开端。因为欧洲自然科学的情形，还没有介绍到中国，所以研究的范围小一点儿。

直到最近三十年，在国内受高等教育与曾经在欧美留学的学者，才把欧洲的真正文化输入中国，中国才大受影响，与从前接触印度文化相像，也与欧洲人从前受阿拉伯文化的影响相像，这是中国文艺中兴发展的初期。现在中国曾受高等教育而在各界服务的人，大多数都尽力于介绍欧洲文化，或以近代科学方法，整理中国固有的学术，俾适用于现代。国内学校和学生人数，均日有增加。女子教育向来忽略，今亦发展，国内各大学及多少专门学校，均有女子足迹。除此新式学校外，还有多少旧式学校，继续在乡下传布初级教育。其余每年派往欧美留学的少年男女，以千数百计，这些知识分子，将来都是尽力于文艺中兴事业的。现时所有的进步，本已不少，不过与中国的面积和人口比较起来，还觉得它很稀微。但正是因为面积大，人口多，故只能慢慢儿进步。譬如一小杯水，投糖少许，不久而甜味已透；若水量加多，要得同样的甜味，不但要加糖，还要加溶解的时间。

中国现时大局，觉有些不安，但这也不过是1900年革命应有的结果。这革命以完全改变中国为目的，有改变，当然有些扰乱，暂时这样，不久秩序当然恢复。而且虽有这些政治的扰乱，进步的程序，并没有中辍。近数年来，各种新工厂、银行等增加之数，和对外贸易之数，很可以给我们几个良好的证据。照我个人推想，再加四十年的功夫，则欧洲自16世纪至19世纪所得的进步，当可实现于中国。那时候中国文化，必可以与欧洲文化齐等，同样地有贡献于世界。

说到中国将来的乐观，一定有人想起德皇威廉第二的“黄祸论”，以为中国兴盛起来，必将侵略欧洲，为白种人的大害。这也是一种误会。我意欲将中国五千年历史的根本思想说一说，就可以见得中国文化发展后，一定能与欧洲文化融合，而中国人与欧洲人，必更能为最亲切的朋友，试举几条最重要的中国人根本思想如下：

一、平民主义

照西历纪元前4世纪的学者孟子所说的，中国当纪元前24世纪时，君主的后继人，由君王推荐后，必要经国民的承认。以纪元前12世纪的学者箕子所说的："国王若有大疑，于谋及卿士外，还要谋及庶人。"纪元前12世纪，已经有大事询众庶的制度，那时候的国王曾经说："天视自我民视，天听自我民听。"纪元前4世纪学者孟子说："民为贵，君为轻。"又说君主的用人、杀人，要以"国人皆曰可用，皆曰可杀"作标准。后来凡有评论君主或官吏的贤否的，没有不以得民心与否作标准的。至于贵族、平民的阶级，纪元前6世纪的学者，如孔子、墨子等已经反对，纪元前4世纪已渐渐革除，纪元前3世纪以后，已一概废绝。凡有政治舞台上人物，不是从同乡选举的，就是由政府考取的。所以前十二年一次革命，就能变君主专制为共和立宪。

二、世界主义

西历前24世纪的君主，已经被历史家称为协和万邦。前6世纪的哲学者孔子，分政治进化为三级：第一级是视本国人为自家人，而视野蛮国为外人；第二级视各种文明国都为自家人，而视野蛮国为外人；第三是野蛮国都被感化为文明国，大小远近合一，人人有士君子的人格，就叫作太平的世界。他的学生曾参作《大学》，就于治国以外，再说平天下。所以中国历代的学者，从没有提倡偏隘的爱国主义的。

三、和平主义

因为中国从没有持偏隘爱国主义的学说，所以各学者没有不反对侵略政策而赞成德化政策的。西历前23世纪的历史家，曾记一段古事说：虞朝的时候，有苗国不来修好，派兵来打，他仍不服，这边就罢兵兴文治，隔了七十日，有苗就来修好了。前6世纪的孔子说："远人不服，则修文德以来之。"同世纪的墨子主张练兵自卫，对于侵略的国家，比为盗贼。前7世纪已经有人发起弭兵会。前4世纪有一派学者专以运动"非攻"为标帜。孟子说："善战者服上刑。"又有人曰："我善为战大罪也。"后来的文学家，没有不描写战争的苦痛，而讴歌和平时代的。现在因为外国帝国主义的可怕，我们当然提倡体育，想做到人人有可以当兵的资格，然而纯为自卫起见，绝不是主张侵略的。

四、平均主义

现今世界最大的问题，是劳工与资本的交涉。中国古代已经有过一个比较它舒服很多的无产制度了。照孟子所说，与纪元2世纪的历史家所记的，中国自西历前23世纪到前4世纪，都是行平均地权的制度，就是划九百亩为一方，分作井式，中百亩为公田，外八百亩由家分受，每家自耕百亩外，又合力以耕公田。人民二十岁受田，六十岁归田。二十岁以下、六十岁以上，皆为国家所养。这种制度，到西历前23世纪，才渐渐改变。然而纪元1、5及11世纪，均有试验恢复，虽没有成功，然可见这种制度，没有极端地死去。而且自纪元前4世纪至纪元后19世纪，多数政治学者，还是要主张恢复它的。在理论上，相传五千年以前，创立农业的君主，有两句格言："一夫不耕，天下或受其饥；一妇不织，天下或受其寒。”就是人人应做工的意义。后来4世纪的许行，就主张君主要与民并耕，不得自居劳心的阶级，空受人民豢养，那其余的更不待言了。就是孔子也说：“不患寡而患不均，不患贫而患不安。”又说：“货恶其弃于地也，不必归于己；力恶其不出于身也，不必为己。”总之，均劳逸，均产业，是中国古今的普通思想，说政治的总以“民多甚富，亦无甚贫”为标准，巨富的人常以财产平均分授予儿女，数传以后，便与常人无异。而且富人必须为族人、亲戚、朋友代谋生利，小的为宗族置义田、设义学，大的为地方办公益及慈善事业。若有自私自利的人，积财而不肯散，人人都看不起他。其次，则富人生活，与贫人之单简几相等。所以中国的贫富阶级，相去终不很远，就是新式的大公司组织输入中国，一方面一切优待工人的善法同时输入，中国人尽量采用；一方面公司股票并不集中于少数人，不能产生欧洲式资本家。若将来平均产业的理论，全世界都能实行的时候，中国自可很和平地行起来。

五、信仰自由主义

希腊曾提出中庸主义，但与欧洲人凡事都趋极端的性质不很相投，所以继承的很少。中国自西历前24世纪的贤明的君主，已经提出“中”字作为一切行为的标准。后来前6世纪的孔子极力提倡“中庸”。中庸是没有过，也没有不及，所以两种相反的性质如刚柔和介等类，一到中庸的境界，都没有不可以调和的。故中国从没有宗教战争，如欧洲基督教与回教，或如基督教中新教与旧教的样子。中国有一种固有的祖先教，经儒家修正后，完全变为有意识的纪念，以不神秘为象征，与所提议的人道教相似。旧有的多神教变为道教，并不曾与儒教有多大的冲突；佛教传入以后，也是这样，有注意佛、儒相同的。总之，中国人是从异中求出相同的点，去调和它们，不似欧洲人专从异处着眼。回教传入以后，也是这样；基督教传入以后，也是这样。很有许多书说基督教与儒教的主张有相同的，各教的主持者虽间或有夸张本教攻击异教的理论，但是普通人很少因信仰而起争执的。所以信仰自由主义，在欧洲没有定入宪法以前，在中国早已实行了。

在欧洲，很有人以为中国人排外，尤排异教，常以义和团那事为证据，这也是一种误会。试一研究义和团暴动的远近原因，就可以明白了。我记得义和团动作的前数年，有德国人因两个德国天主传教师被杀而占据胶州的事情，德国那一次的横暴，比最近意大利占领希腊哥甫岛还要厉害。今次全球反对意大利这个行动，而在德国横压中国那时候，各国没有一句话说反对。所谓公义者，何其善变?不独不反对，而且各国先后效德人的行为，三数年间，中国港口完全为外人所占据。其次，则外国人在中国种种强横，几不视中国人是人的样子。说到外国传教师，则其中固有真正的传教师，然而行动出了他传教师范围以外的，不知多少，他们的宗教，大都教人互相亲爱，而他们常常把人民分作种种派别。复次，则他们借政府的力量，常常阻抗中国行政及司法的动作。譬如，遇有他们教民犯罪，为官吏判罚等等，他们居然直来干涉，阻止行刑，或要求放人。诸如此类，说也不尽，到后来凡遇因犯法被法庭搜捕的，多走去外国教堂躲避，教堂变了犯人的安乐国。这种事情，无论中国人难忍，我想在任何国，也无人能忍受的。以上所说的，就是激起义和团暴动的直接或间接的原因。当时适遇满洲皇室中有几个人物，愤外交和战争的失败，或痛恨外人对于中国不公平的行为，常存报复的心。义和团一起，他们于是有机可乘。照此说来，那一次的事情，外人实应负一部分责任。今完全将责任推归于中国，是绝对不公平的。且除直隶及山西一部分，其余全国都没有人赞成，在扬子江流域及南方，外人均受特别的保护。所以义和团暴乱，并非中国一种国民的运动，尤为显明。

照鄙人所见到的中国人根本思想是如此的，所以敢说："中国文艺中兴完成后，中国复兴以后，不独无害于欧洲，而且可与欧洲互相辅助，和尽力赞助国际事业，为人类谋最大的幸福。"

中国教育的发展[1]

1924年4月10日

要研究中国教育的发展，首先，有必要对早期的历史作些回顾。早在远古时代，中国的圣哲贤君就非常关心教育问题。他们在治理国家、造福人群的过程中，由于碰到了种种困难，才逐步认识到要使国家达到大治，必须把注意力移向有利于国家前途的教育问题上。

教育问题是舜迫切关心的一个问题。据史家记载，他是有史以来第一个任命一位“司徒”，在最基本的人与人之间的关系方面进行教育的圣人。在教会人们耕作收获、教会他们种植五谷以后，舜命令契教导人们“父子有亲，君臣有义，夫妇有别，长幼有序，朋友有信”。这是孟子在舜死后两千年记录下来的。虽然这句话的根据无可稽考，但是这一史料，仍具有重要的价值，因为它是古典文献中关

① 本文是蔡元培在伦敦的中国学会（China Society）宣读的论文。

于我国远古时代教育的最早论述。我们从《书经》中还可以获知另一个史实，它可以使我们进一步了解古代教育的发展。据《尧典》记载，舜说："夔，命汝典乐教胄子，直而温，宽而栗，刚而无虐，简而无傲。"显而易见，他认为"乐"在调谐年轻人的感情方面是颇有益处的，它是一种陶冶性情的训练。这看来是一种必然的发展。其时间远在公元前23世纪。当时，教育的主要课题，一方面是强调道德义务，另一方面是培养人们种种善良正直的习性。这就是：为做一个良好的人而进行道德教育，为做一个有德行的人而进行社会教育。这两种思想互相融会，目的在于建立一种和谐的社会关系。我国古代教育家为此而孜孜努力，实际上也实现了这一目标。

往后（公元前12世纪），产生了更多的学科。一系列学说开始付诸实施，它包括为贵族阶级规定三德、三行六艺、六经和尊卑次序，为平民规定六德、六行及六艺。我国古代教育家的教育方法，在某些方面同中国现代从西方各国引进的那些方法极为相似。具体地说，古时人们所谓的道德教育实际上就是现代学校课程中的伦理学，而六艺（即礼、乐、射、御、书、数）中的射、御，相当于我们现在的体育。与道德教育和体育有密切联系的是算术。这就形成了我们今天所称的抽象思维的训练和智力的训练。礼仪的教学于今被认为是一种介乎道德教育与智力训练范围之间的科目。以我们现代的观点来衡量，或从这种教育本身对人的身心和谐予以全力关注这一点来衡量，这个时期（从公元前23世纪到孟子的时代），可以认为是一个在教育上取得显著成就的时期。其中，更重大的发展，乃是陈旧的教育机构的衰亡，代之而兴起的，是更大规模的叫作“成均”的大型学院机构。我们对此应该给予充分的评价，它的意义在于创立了现代由国家资助的高等教育机构的雏形。

大约在公元前6世纪左右，我国一些相当于古希腊学院的私学，成为教育界突出的、有影响的组成部分。在这个时期的诸子百家中，开始出现两大显学，这两派的形成是具有重大意义的事情，他们对于各种问题各自作出不同的解释。一方面是孔子以四科，即德行、言语、政事、文学，教导中国；而另一方面则是墨子在策略方面教导中国，他传授一种具有逻辑性的、形象化的辩证的工作方法。虽然如此，墨子对于政治与道德教育的强调仍不亚于孔子。最奇怪的是，在墨子的学说中，还涉及光学和力学，而这些同现代科学竟息息相关。在墨子的著作中，确实提到过物理学与化学，可惜这个天才遭受的是孤军奋战的命运。如果墨子对于科学的伟大思想，不是由于缺乏他同时代的人的支持而停滞不前的话，那么，中国的面貌可能是迥然不同了。

上面所提到的障碍，无疑是由于被混杂着巫术的儒学占了优势地位。巫术者在与墨子学说的斗争中，代表了儒家的传统教义。他们认为万物有灵，对一切社会现象和自然现象，采取神秘的解释，把它们归结为阴、阳两种形式的变化，认为一切事物由五行（即水、木、金、火、土）组成。他们由于受到所掌握的材料的局限，因而在认识上受到严重的限制。而且，更不幸的是，神学化了的儒学，当时无论在官学或在私学中，都占了上风。

公元1世纪时，由于印度哲学开始传入我国，因而在教育方面出现了显著的、极为重要的哲学变化。印度哲学发现自身与老、庄学说相吻合，因此，出现了这三者合流的发展趋势。甚至儒家的学者们，也把他们的道德行为观念和政治观念退到次要的地位，从而兴起了玄学。在公元5世纪，建立了宣传玄学的机构。到公元8世纪，儒学又一次在教育界占支配地位，特别是“四科”再次成为教学原则的具体内容。于是，由印度哲学引起的、历时几百年的扩大知识领域的状况渐渐衰落。从那时起直到19世纪，学校只采用儒家经典作为教科书，附加一些论述玄学的著作。整整四千年的中国教育，除了有过科学的萌芽以及玄学曾成功地站住过脚以外，可以说，在实际上丝毫没有受到任何外来的影响，它仅仅发生了由简单到复杂的变化。

以上主要是谈了一些古代中国教育的发展，仅限于东方思想范围。我们还必须把我国的教育发展同英国的教育发展作一比较。它们都有令人称道的合理地安排体育与智育的共同思想，都有使学习系统化的共同意向。在礼仪教育方面，我们发现两国的教育，对所谓“礼貌”，都同样采取鼓励的态度。在我国的射、御与英国的竞技精神之间，我们也能发现某些共同点。无论是中国的教育，还是英国的教育，目的都在于塑造人的个性及品质。在这方面，双方对于什么是教育的认识是非常接近的。性格与学业，就孔子的解释而言，应达到和谐一致，而这一点与英国教育所主张的并无差异。

儒家提出“君子”作为教育的理想，要求每一个受教育者都要达到这个目标。这与英国的“绅士”教育完全相同。我们阅读儒家经典，经常见到“君子”这个词。对于这个词，如同英语中“绅士”一词一样，我们发现同样难于领会这个词所体现的丰富而深刻的含义。为了对“君子”一词的含义有所了解，现在就让我们随意听听儒家的一些代表人物及孔子本人的言论。孔子的门徒之一、哲学家曾参曾对孟敬子说：“君子所贵乎道者三：动容貌，斯远暴慢矣；正颜色，斯近信矣；出辞气，斯远鄙倍矣。”其他一些人认为君子应该“正其衣冠，尊其瞻视”。随后，他就能矜而不骄，严而不暴。这是中国关于君子仪态的言论，同样也是英国教育家强调宣传的观点。至于说到君子的性情气质，我们发现欣赏正直是一个基本的特点。君子“礼以行之，仁以出之，信以成之”。因此，“君子尊贤而容众，嘉善而矜不能”。至于君子本身，我们发现有这些特点，“知者不惑，仁者不忧，勇者不惧”。怎样才能成为君子呢？“文质彬彬，然后君子”。至于说到道德力量，中国教育家鼓励那些人，“可以托六尺之孤，可以寄百里之命，临大节而不可夺也”，成为君子。“君子和而不同”，“人之生也直”，这是君子的力量与信心。上述这些是实现君子行为的正面例子。反之，对于“乡愿”或“贵胄”则予以强烈的警告与斥责，就如西方国家对伪君子的尖锐抨击一样。这种培养君子的教育，无疑同英国教育相同，在中国教育的发展史上具有同等重要的意义。

以上是英国与中国教育观念的相同之处。下面我们再看看它们的不同点，我们发现有两点不同之处。产生不同点的最显著原因在于下面的事实：一个英国人，当他还在襁褓之中以及在他后来的成长过程中，就受到某种宗教观念的哺育，逐步形成了他的信仰，而这种信仰是他日后生活的指南。而在中国，除了在极其例外的情况下，父母一般不干涉他们子女接受某种宗教，因此他们的子女有权维护自己的信仰自由。但是社会舆论还是表达了对宗教的赞助。第二，我们看到了英国科学教学设备的优异，也看到了我国这方面的短缺。前一点在现时关系不大。关于后一点，我们应当表示这种愿望：我们的教育应该前进，应该使科学教育得到更大的发展。在英国，不仅大学的实验室有很好的设备，而且在科研团体中，也都有良好的设备。英国有四个直属于教育部的国立博物馆，这些博物馆收藏有各种珍品及独特的标本。因而，在英国有这样一种科学气氛，虽则科学家们必须担负开拓科学领域的重任，但他们的工作受到公众的赞赏与分担，因为公众已认识到科学的重要性及其深远的意义。哲学家、思想家及作家们也同样承认他们对科学应尽的职责，因而不必去冒险凭空建立他们的学说。而中国在这方面却没有什么可与相比。在你们南肯辛顿的科学博物馆及自然历史博物馆中，既有理想设计的蓝图，也有具体成就的实例。人们可以看到这一切一直在对教育施加着很大的影响。但是，在中国，我们的教育至少两千年来没有面向更高的科学教育，而是用完美的品质去塑造人，赋予他一种文学素养而已。

尽管从公元 13 世纪以来，我们在与西方接触的过程中，学到了一些自然科学知识（不包括它的消极因素），但是，在好几个世纪以后，才随着基督教的传入而带来了亚里士多德的逻辑知识，欧氏[①]几何学以及其他应用科学知

① 欧氏：欧几里得（约公元前 330—前 275），古希腊数学家。著《几何原本》十三卷，是世界上最早公理化的数学著作。

识。直到近半个世纪，中国才从事教育改革，而且还只限于自然科学的教育改革。中国现在认识到，只有新兴的一代能受到新型的教育，古老的文明才能获得新生。中国教育改革的第一步要达到的，是建立大学与专科学校，这一点已经实现了。1865 年在上海建立了以科学技术为基础的江南制造局，这个局发展到今天，已占地广阔，规模宏大。接着是 1867 年仿照欧洲学院的形式建立了最早的机械学校。此后，在我们发展教育的早期努力中，技术科学的学校和学院，始终处于领先地位，其他性质的学校也随之纷纷建立。1867 年建立了马尾船政学堂；1876 年建立了电报学堂；1880 年建立了水师学堂；北洋大学（1889 年）、南洋公学（1897 年）以及京师大学堂（1898 年）等学校也相继建立。另一方面，我们派遣一批青年学生到英国、法国及德国留学，学习造船、工程及其他学科。作为西学东渐的传播者，他们的学习是卓有成效的。但是只有为数有限的并经过遴选的学生，才能享受出国留学的权利，即使对他们来说，我们还是没有能够提供足够的学校，使他们在出国前做好充分的准备。上述这些学校，尽管它们本身很有价值，但还是无法解决这个问题。我们的困难就在于目前学校不足。比派遣留学生和建立学校更为重要的是，必须纠正某些不足之处。由于学校设施的缺乏，许多学生便进入教会学校。在那里，他们可以学到一门外语，并能学到应用科学和理论科学的基础知识。为此，我们对这些学校深致敬佩。然而，政府在打算以其他同等的或更高水平的学校来取代教会学校方面，并不甘心落后。教育工作者们在一些会议上，建议向国立学校提供设备，政府在采纳这些建议的基础上，于1902年颁布了一项规章，自那时以来，教会学校的学生数额便逐渐下降。到1910年，据统计，在十四所英、美教会学校中的学生只有一千多名，而仅在国立北京大学一所学校中，就有学生二千三百多名。当然，这主要由于新创建的中国国立学校向他们敞开了大门，但教会学校本身也存在着某些明显的缺点，例如，轻视中国的历史、文学和其他一些学科，等等。众所周知，每当建立一所教会学校，就要宣传某种宗教教义，它造成了新的影响，产生了新的作用，从而与中国的教育传统相抵触。关于这方面，要说的话是很多的。总之，现在有迹象表明，沿着我们自己的教育发展方向的某种趋势正在逐步加强。

以上我概括地叙述了中国在自然科学研究方面的兴趣的发展，以及对理论科学教育和应用科学教育加以扩展的迫切需要，这是颇有意义的。近二三十年来，在我们全国的科学研究中，萌发了一种新的精神。现在，几乎每一所学校都拥有一些同欧洲从事科研工作的学校所拥有的相同的仪器设备，并且还拥有实验室。在每一所实验室，我们都可以看见师生们一起研究科学，诸如物理、化学、生物，等等。特别是我们的大学，它们为科学教育的发展，为科学应用的发展尽了最大的力量，贡献出了最大的能力，并且在此过程中，表示出希望中国在不久的将来，通过科学的发现与工业的发展，对当代世界文化作出新的贡献。但是它们的努力迄今尚未成功。虽然我们无疑地认识到科学探索的价值，认识到它对中国的物质、文化进步来说，是最重要的因素之一，可是，科学精神对我们的影响究竟有多深，科学精神在现实中究竟有多少体现，这还是有问题的。坦率地说，这纯粹是由于我们没有对从事科研的人在设备的维修、应用和经费方面提供种种方便；是由于那些在国外受到科学技术教育的人回国后，很少有机会来继续他们的研究。因此，我国教育家计划仿照南肯辛顿的科学博物馆和自然历史博物馆的方式，创办一所大规模的研究院。该院将由两个部门组成：一个部门收藏科学仪器、设备、各种图表、模型和机械，用以展示物理、化学及其他自然科学的不同的发展阶段和阐述工艺的发展演变过程。另一部门将展出动物及所有其他自然历史的标本，说明它们之间的原始关系，展出微生物及各类动植物标本，逐渐导致到人类学。创办这样一所研究院所必需的经费，据估计为一千万英镑，地点设在南京或北京。但是，目前我们的教育工作者所面临的是，全国普遍感到财政资金短缺，在这种情况下，要中国实现这个计划，看来是有困难的。然而，我们深信其他大国将会采取同中国在科学事业上合作的方式，在某种程度上给予帮助。英国方面，将要退还庚子赔款，我们认为这是一种慷慨、善意的举动。早在1922年，英国政府就在口头上通知中国政府。自从那时以来，各国政府也对此日益关心。现在看来，为了纪念中英之间的友谊，应当把退还的庚子赔款用于一种永恒的形式，这是中国教育家经过深思熟虑的意见。它应该被用于创办这所大型的研究院。我们现在完全可以预期，这个研究院将不仅担负进行高等教育、鼓励科学发展的任务，而且还将成为资料与研究的中心。这是全体中国人民特别是教育工作者们在退还庚款问题上的普遍愿望。

在中国的教育发展中，可能还存在着其他的倾向，但是，最重要、最切望的乃是需要建立一所新的科学研究中心，这是需要特别加以强调的。上面概括的，只是我国教育改革的总的发展情况，而不是它的详细情况，尽管每个细节可能是令人感兴趣的，但这里不再详述了。

中国教育的历史与现状①

1925 年 7 月 25 日

今天下午，我荣幸地承大会邀请，要我就我和我的同事所代表的国家的教育问题作一次演讲。我国是这个世界联合会的创始和热情支持的国家之一。这是一次来自全球各地教育界著名代表的会议，会议将讨论大家共同关心的问题。在前几次会议中，经过紧张频繁的小组讨论之后，我并没有想到各位要向我了解些什么。虽然我是东方教育界负较高责任的人，但我以为各位最好还是听取专家们讲一些大家共同关心的问题。我今天要讲的，说不上是什么专门演讲，而只不过是以报告的形式向各位谈谈我对中国教育的过去与现状的一点看法而已。

直到不久以前，中国只重视一种个别教学形式，即与现代教育家们称之为单一个别教学相类似的一种教学形式。其不同之处，只在于这些学校在京城由国家主办，在其他地区则由各省和乡村主办而已。

① 本文是蔡元培在世界教育会联合会第二次大会上的演讲。

进行这种个别教学的高等学校，早在两千年前就出现了，当时称之为“太学”。以后在此基础上又演变为“国子监”的一种教育体制。在“国子监”讲授的是伦理、政治和文学。在这种学院中，如同其他学校一样，班级由教师管理，而学生则接受单独的授课。这种教育形式，看来正是孔子、墨子时代那种单纯由私人讲学的形式的必然发展。孔墨时代的这种与古希腊学院相当的私人讲学形式，在当时教育界中是颇为突出的、有影响的组成部分。即使在最近的二百年中，这类学校仍可以说是具有一种深远的教育意义。我们在源于早期学院而来的王阳明书院（大学）中，在源于古代教育发展而来的清朝的颜元（习斋）书院中，可以发现其显著的影响。尽管这些制度已经过时，但是我认为它们的历史对当前许多尚未解决的问题仍有所启示。

这些古代教育制度的优点，可以简单概括如下：

（一）注重道德伦理的教育和个人修养；

（二）提倡在任何环境与条件下，可以由个人自由钻研学问；

（三）可以因材施教，教学不致因班级中有落后学生而受到影响。

除有上述优点外，还存在着一些缺点，以下几点特别需要提一提：

（一）我国古代学校的课程，过分重视人文学科，特别是文学、考据学等。我国早期的教育制度实际上只重视个人修养的尽善尽美，重视培养个人的文学才能，而不注重于科学方面的教育。

（二）我国古代的教育目标，主要是使少数人毕生攻读，使他们能顺利通过朝廷举办的各种考试，而考试则是读书人入仕的唯一途径。至于就平民文化而言，它并没有普及教育的明确目标。

清朝末年，即距今约二十五年间，东方发生了迅速的变化，教育为维持其社会生存也不得不做出相应的改革。当时我们面临的问题是：依照欧洲的方法创办学校，从最基本的幼儿园到大学。

先谈国立学校。我国的国立学校起初都是书院式的，后来逐步转变，先采用日本的教育体制，继而采用德国和法国的，现在则采用英美制。国立学校经过适当的整顿以后，已成为知识界中一种既保持了传统的教育方法而又具有生命力与吸引力的力量。各种学校都开有各种课程，并颁布了以鼓励学生学习为目的的新的升留级和毕业考试制度。

1921 年，在我负责教育部期间，经过多次教育会议，推行了义务教育。与儿童入学人数增长的同时，我们还设法使那些超龄学生以及从未上过学的人获得学习机会，尽管起初的速度是缓慢的。在各种学校推行的总方针，不单单是培养人们的实践能力，而且还培养人们对知识技能进行高深研究的能力。这样，人们便有一种希望，而且会不断进步。

自本联合会在美国旧金山开会以来，我国进行了一系列的教育改革。

我国已清楚地意识到只有按新的教育制度对年轻的一代进行教育，我国古代文明的发扬光大才可能成为现实。

下面我要谈一下近两年来我国在这方面的活动和取得的进展，这是值得各位注意的。

（一）首先，我想指出的是重视科学教育。这是近年中国教育的一个显著特点。1922 年，美国的孟禄博士来华访问，他的考察结果和我们许多人对我国科学教育中存在缺点的看法是一致的。

经孟禄博士的推荐，应中华教育改进社的邀请，美国辛辛那提大学的推士博士来到中国，协助改进我国数学、物理、化学等科的教学方法。第一期培训理科教师的暑期进修班于 1924 年在北京清华大学开办，目前在南京东南大学举办的是第二期。在西方理工科教学中发挥了巨大作用的各种科学仪器、设备与模型，现在也已由上海商务印书馆进行了大量的改进并使之标准化。

（二）我要讲的第二点，是对我们有影响的教会教育。据最近统计，在浸礼会所办学校中入学的学生总数，目前已接近三十万。受到天主教教会学校培养的学生人数，约有二十万五千余人。现在有迹象表明，在这类学校中的学生人数有明显增长的趋势。

可是我们看到，一有教会学校开办，就要宣扬某种宗教教义，就产生新的效果，造成新的影响，从而与我国传统教育相抵触。中国的教会忽视了中国的历史、文学及其他重要的学科，正自行建立另一套与中国国家教育制度相并行的教育制度。不过总有一天会证明，这种教育制度是为中国的国家教育制度所不能相容的。

此外，虽无明文规定，但中国的教育家们几乎一致反对对青少年进行宗教教育。孩子们天性十分单纯，很容易受到成年人的影响和塑造。同时我们的孩子们的生活环境和传统习惯是非宗教性的，如果我们尊重他们的权利，我们就应该采用这样一种方法来教育他们，即给他们以养成独立思考能力所必需的知识与智力。

（三）我要讲的第三点，是我国的民众教育运动。1923年，中华教育改进社的年会在清华大学召开，会议计划成立一个开展扫盲运动的全国性组织。运动立即得到了全国各地的支持与合作。这个运动的宗旨之一，就是要在其教与学中采用白话。如今不仅主要的杂志、报纸和小说，而且连主要的艺术、哲学和社会科学的著作都是用白话文出版的。

因而仅两年间，在普及班上课的学生人数已达约二百万人。不需很久，我们就能在中国看到一个一方面是实行义务教育，另一方面是对文盲课以税款的完善的教育制度。但是，运动的倡导者们也并不因此存在这样的幻想——企图在我们这一代人中就消灭整整两亿文盲。

（四）现在让我们来看看中国图书馆事业发展的情况。在我国周朝时就有图书馆了，不过学校里的图书馆只是近来才有的。到今年，拥有较好的现代化设备的大学图书馆已达十二个。在我国代表前来欧洲参加这次大会时，我国正在成立一个全国性的图书馆协会。这个协会的宗旨是为了建立更多的图书馆，为了探求管理图书馆的更好方法并吸引更多的一般读者和高级读者来利用图书馆。我国的图书馆正不失时机地积极工作，以期获得更大的成就。还有一些图书馆正争取获得美国的援助，希望能从对美庚子赔款中得到拨款，来建立更多的公共图书馆。

现在请大家允许我谈一下中国的学潮问题，不过我并不是想在这里引起争论。中国的学潮是与中华民族争取自由的运动紧密相连的，而自由问题则是当前的一个具有广泛性迫切性的世界问题。

我们都在这里讨论如何通过学校教育促进国际和平，可是在会外有谁响应我们呢？根据中国的现状，我认为我们应该开始制订计划以促进国际友好，在国与国之间加强相互了解和谋求公平的待遇。

在中国，至少也有四至五亿人民，由于受现代教育的影响，由于受到正义、人道主义崇高信念的鼓舞，在他们中间不断激起思想变革。女士们，先生们！虽然在20世纪中还不能看到这个运动的全部结果，但它的发展，必将深刻地改变欧洲和美洲一般对中国所持有的政治见解。

谈到学生，我的声明也曾谈到现代教育的确把我们的学生从权威的束缚下解放出来。由于这个新运动对中国青年一代产生的影响，现在他们对一切政治问题的看法已变得复杂多样了。

虽然目前的学生运动有其当前的时代特征（如同来自巴黎、哈瓦那和别的地方的报告所表明的那样），但中国远在汉朝、明朝就有学生运动了。从教育家的观点来看，如果学生以一个公民的身份，抱着真诚的信念与对爱国主义的正确理解进行活动的话，就不能说他们全都是错误的。

除了这些以外，由于这个生气勃勃的运动把为社会服务的理想、兴趣和希望灌输到青年们的心中，从而培养了他们的组织和管理才能，锻炼出领导能力并树立了集体观念，这场运动使学生获得了无可估计的效果。但是，运动的发展，也同样有可能使学生本身及他们已获得的进步受到损害，这是一个既复杂又冒险的问题。为此，我们的教育工作者应满腔热忱地去关心、爱护学生，公正地对待每个学生的同时，努力探索一些灵活的管理方法，旨在使他们能冷静地思考问题，从而获得更大的进步。

我深信各位在座的教育家，一定会以一种不偏不倚的态度来认识到促进世界和平事业的生命力与价值，并以一种宽宏与公正的精神，为这项国际性事业找到更好的措施。的确，通过学校教育工作来促进世界和平，是教育的一个十分重要的问题，再没有任何问题会有这样艰巨、这样重要了。

读书与救国[1]

1927年3月12日

今天承贵校校长费博士介绍，得来此参观，引为非常的荣幸！贵校的创设，有数十年的悠久历史，内中一切规模设备，甚是完美。不用说，这个学校是我们浙江唯一的最高学府。青年学子不必远离家乡，负笈千里，即可求得高深学问，这可不是我们浙江青年的幸福吗！

我看贵校的编制，分文、理二科，这正合西洋各大学以文、理为学校基本学科的本旨。我们大家晓得，攻文学的人，不独要在书本子里探讨，还当受大自然的陶熔。是以求学的环境，非常重要。请看英国牛津大学和美国哥伦比亚大学，他们都设在城外风景佳绝之地。因此，这两个学校里产出的文学巨子，亦较别校为多。贵校的校址，负山带河，面江背湖，空气固是新鲜，风景更属美丽。诸位求学于如此山明水秀之处所，自必兴趣丛生，收事半功倍

① 本文是蔡元培在杭州之江大学的演讲。

之效。所以我很希望你们当中学文科的人，能多多造成几位东方之文学泰斗。

印度文明，太偏重于理想，不适合于20世纪的国家。现在是科学竞争时代，物质万能时代，世界上的强国，无不是工业兴隆，对于声光化电的学问，研究得至微至细的。什么电灯啦，电报啦，轮船啦，火车啦，这些有利人类的一切发明，皆外人贡献的。我们中国就是本着古礼“来而不往，非礼也”的公式，也该有点发明，与世界各国相交换才是。这个责任，我希望贵校学理科的诸位，能自告奋勇地去担负起来。

现在国内一班人们，对于收回教育权的声浪，皆呼得非常之高，而我则以为这个时期还没到。试问国立的几所少数学校，是否能完全容纳中国的学生，而使之无向隅之憾呢？中国目下的情形，是需要人才的时候，不应该拘执于微末之争。至云教会学校的学生，对于爱国运动很少参加，便是无爱国的热忱，这个见解更是错了。学生在求学时期，自应唯学是务，朝朝暮暮，自宜在书本子里用功夫。但大家不用误会，我并不是说学生应完全地不参加爱国运动，总要能爱国不忘读书，读书不忘爱国，如此方谓得其要旨。至若现在有一班学生，借着爱国的美名，今日罢课，明天游行，完全把读书忘记了，像这样的爱国运动，是我所不敢赞同的。

我在外国已有多年，并未多见罢课的事情。只有法国一个高等学堂里，因换一教员，同时有二人欲谋此缺，一新派，一旧派，旧派为保守党，脑筋旧，所以政府主用新人物，因此相争，旧派乃联络全城的高等学校罢课。当时西人认为很惊奇的一回事。而我国则不然，自“五四”以后，学潮澎湃，日胜一日，罢课游行，成为司空见惯，不以为异。不知学人之长，唯知采人之短，以致江河日下，不可收拾，言之实堪痛心啊！

总之，救国问题，谈何容易，绝非一朝一夕空言爱国所可生效的。从前勾践雪耻，也曾用“十年生聚，十年教训”的工夫，而后方克遂志。所以我很希望诸位如今在学校里，能努力研究学术，格外穷理。因为能在学校里多用一点功夫，即为国家将来能多办一件事体。外务少管些，应酬以适环境为是，勿虚掷光阴。宜多多组织研究会，常常在试验室里下功夫。他日学成出校，为国宣力，胸有成竹，临事自能措置裕如。一校之学生如是，全国各学校之学生亦如是，那么中国的前途，便自然一天光明一天了。

在晓庄师范学校的演讲[1]

今天承陶校长[2]及诸同学欢迎，感激得很。前次诸位要我到此地来演讲，后来因为事务繁忙，致未果行，非常抱歉。我对于现在，真是挂着一个空的董事长的牌子，因为第一件，此地校里很重要的原则，教法、学法、做法合一，我就没有做到。不过我极相信此法是有至理，而且是很自然的。比如雏燕的能够飞，一方面老燕子要教雏燕飞，雏燕看见老燕的怎样飞法，于是就效着做同样的飞法，终于雏燕亦能飞了。在这一件很小的事内，就可以看出教、学、做是应当合一的。又如小猫要学大描捕鼠，大猫一定要做捕鼠的姿势给小猫看，这也是寓有教、学、做应当合一的原理在里边。我们小的时候，说话、跑路和其他做的事情，父母并不是认真地要来教我们做，把说话和跑路当作一种

---

① 本文是蔡元培与高鲁、沈定一等到晓庄试验乡村师范参观时所发表的演讲。

② 陶校长，即陶行知（1891—1946），一名知行。1927 年 3 月，受中华教育改进社之委托，与赵叔愚在南京晓庄创立南京市试验乡村师范学校，任校长。

功课，不过因为有父母在旁边说话、跑路，我们就在自然而然的中间受父母的暗示、同化而学会了。这也可以知道教、学、做是应当合一的。

中国学校开创得最早，在舜的时候已经有学校了。不过从前的私塾学校里所教的是些四书、五经和家庭的生活，实在是格格不相入的。这种便是以前私塾的坏处。诸位现在在此所读的书，都是以每日的生活为根据的，这种制度实是现代教育方法中最好的一种。当我出洋到德国的时候，杜威先生恰在芝加哥开办一个学校，这个学校一切功课，也是根据于实际生活的，从实际生活上讲到世界一切的学问。我的小儿进了法国的一个农业学校。平常的农业学校，都是空口讲而不实习的；但该校却和普通的不同，该校学生都能穿木头的鞋子，能够锄地挑粪。小儿在该校毕业出来时，身体比从前好得多了，头脑里关于从前给习惯所熏染成的一切不平等思想也都除掉了。于此可见教、学、做合一是很有功效的，不过我在当时是很觉得，而没有将它结合成教、学、做合一的思想。

中国目下最重要的问题，便是经济了。我们睁眼一看，便看见许多不做工、不劳力的，所享的权利反多；终年劳动者，所事反少。所以现在的理想，对于农人，便须耕者有其田，那便可减少许多关于田主与佃户间的纠纷与不平等。对于工厂、商店，现在都是厂主与店主得利多，而厂工与店伙得利少，这也是一种不平等的事。我们以后须使工人自己做工厂的股东，把工人与厂主打成一片，分不出一点不平等的痕迹来。商店也是如此。

中国农人占全国国民总数的最多数，所以我们现在要想改良一切制度，都应当在农人的头上做起。现在诸位到此，都抱有大志改良乡村教育，这是我所非常赞同的。不过我不能和诸位共同生活，我是很抱歉的。但我在旁边总当极力帮助诸位成功，敬祝诸位努力。

中国新教育之趋势[1]

1927 年 11 月 12 日

今天是总理诞辰，我们都来开会纪念他，那么，对于他的主义一定是十分信仰，对于他的计划一定是要力行的。但是总理的计划很大，如军事、教育、政治、经济等皆是，我们不能够完全担任，只能分工做去，以谋完成他的计划。我们分任教育，所以只能讲教育。前天贵校教务长说，同学们要我来讲中国新教育的趋势，现在请先说大学区的组织，然后再说新教育的意义。

大学区是地方教育行政上的一种制度。在七八年前，我曾发表过意见说：最好是以大学来管理全省的学务，但是，未曾实现。迨国民革命军达到浙江之后，蒋君梦麟就要把浙江先行试验一下，因为现在是 20 世纪，无一桩事体不与从前相差很远的，我们应该顺应时代的潮流，不能牢守旧制，不谋改革。而且一省的教育范围很大，大学、中

① 本文是蔡元培在暨南大学的演讲。

学、小学都包括其中，断非一个教育厅所能办得好的，我们拿工业上制造品来说，是以美为要件的，譬如一只花瓶，一定要经过科学方法的发明，富有美术的意味，买花瓶的人，必定选一个合意的，就是以它为美丽。何以要有所选择呢？就是因为好的被选择，不好的被淘汰，美术才有发展进步的机会呵！教育是培养人才的，是不可以不注意科学与艺术的。办学校的教职员，有的是师范生，有的不是师范生，他们好不好，教育厅是应当去考察的，假如仍由从前官僚化的教育厅来管理地方教育行政，那是永无改进的希望的。因为教育厅厅长及科长、科员等，他们的学识，固然未必全在学校教职员之上，而且他们离开学校很久，不甚明白社会的潮流，所以他们尽敷衍表面，而无实际的心得。现在大学区的办法，是由大学校长兼管本区的中小学及其他特殊教育，教育行政都归大学教授组织，并且有研究院担任种种计划。这种制度，法国久已实行了，法国分全国为十七个大学区。我本想分全国为十个大学区，恐怕难于成功，所以规划在江苏、浙江两省试办，不过粗具规模罢了。现在的教育行政部，是一部分教授和专门研究过教育的学者来组织的，我想比从前的教育厅总许要好些，办得长久，定会发达的。至于中央的大学院，除掉一小部分属于行政事情以外，其余皆是研究的机关，如美术院、音乐院、中央研究院等皆是。

现在我再来讲新教育之意义，可分三点：

（一）养成科学的头脑。从前有许多不是科学的，如心理学从前是附属于哲学，现在应用物理的方法、生理的方法来研究它，便成为科学了。又如经济、政治也是应用科学方法来研究的。还有许多用统计的方法的，均不离科学，而且与科学相连贯。现在有许多人最易受刺激，听人怎样说，便怎样信，这实在是因为他们没有科学头脑，不能求其因果，凡事要考求其所以然，要穷究其因果关系，那么他的头脑才算经过一番科学的训练。譬如开车，我要由上海到真如，定要再等一个钟点，并且要亲自站里头看看开行的时刻表，不是人家怎么说，我便怎样信的。因为科学家所发明的，都是有因果、有系统的，物质同办事的两方面，固然是要如此，对于精神的——教育——也是要养成科学的头脑的。希望科学家全体起来，研究怎样可以叫人养成科学的头脑，不妨多办几所研究院。

（二）养成劳动的能力。劳动是人生一桩最要紧的事体。在总理的三民主义中的民生问题，简单说起来，就是人人要能生产，人人能生活。犹如古人所说“一夫不耕，天下受其饥，一妇不织，天下受其寒”的意思。若要人人能生产，那是非打破“劳力”和“劳心”的成见不可，因为有这种的分别，易使一班劳心的永远劳心，劳力者永远劳力，渐渐形成两种阶级。这两种阶级的发生，实由于教育的不平等。所以想想救此弊端，非普及教育不可，使劳动者得有智识，劳心者也去劳力，这实在是一件要紧的事。李石曾先生说过：各个人至少要当三年兵，一年做工，使得劳心者可以养成劳动的习惯，真是一件最好的事！现在大学院创办劳动大学，分为劳工学院、劳农学院，收中学、小学的毕业生，入劳动大学读书，养成他们做工的习惯；又有工人学校，使劳工得些智识，如这样的学校，以后还望逐渐地添办起来。

（三）提倡艺术的兴趣。我们无论做什么事，因为艺术的关系，能够增进我们的精神，便增加了一种兴趣，这就叫作艺术的兴趣。譬如一个文学家，他终身埋在文学里面，旁人看他所工作的，似乎很苦恼，然而他终是不停地工作，这便是得到一种艺术的兴趣，甚至于全忘他的生死。诸君从南洋回到本国来，言语不通，真是非常痛苦的一件事，很可借艺术来调剂，最好多开些音乐会、展览会。在国家方面，多开设几所美术馆、音乐院来提倡艺术的兴趣。不过现在中国，还没有完全的音乐院。这是只有希望做教员的能够学术化，担任的钟点不要多，留着余暇来自修；同学们要认真求学，不可计算几时毕业，只想多收几份讲义便算了事。

从前国内政治不好，教员都不能安心做事，学生不能一心求学。现在军阀的势力已经去掉，到了训政时期，大家可以抱定宗旨，将精神收敛在学校以内，来做国家建设的人才。在此时期，对于科学、劳动、艺术三方面，均须努力。外面虽来了刺激，不像从前那样兴奋。此是我希望诸位同学的。

学校是为研究学术而设[①]

1928年4月16日

今天是艺术院补行开学式。大学院为什么在这个时候、这个地方设立艺术院？平常，西湖有很多的人来，远些来的人，可分两种：一是游览，一是为烧香。游览的人，是因为西湖风景很美丽，天气很温和，所以相率来游，以满足其私人的爱美欲望。一种是烧香的人，烧香的人为什么一定要来西湖拜佛呢？西湖的寺庙最多，所以他们都来了。但是为什么这些寺庙都建筑在风景美好的湖山之中呢？宗教是靠人心信仰而存在的，但是宗教是空空渺渺的，不能使人都信，永久维持着它的势力，故必须借着优美的山林，才能无形之中引诱一班人来信它的。一班人之所以拜佛，而又必定相率来西湖的，虽其信心觉得是为佛而来，实际上他们的潜在主因，仍旧是为西湖的风景好才来的，也就是因为借此能满足他们的爱美欲望才来的。自然美不能完

① 本文是蔡元培在西湖国立艺术院开学式上的演讲。

全满足人的爱美欲望，所以必定要于自然美外有人造美。艺术是创造美的、实现美的，西湖既有自然美，必定要再加上人造美，所以大学院在此地设立艺术院。宗教是靠着自然美，而维持着他们的势力存在。现在要以纯粹的美来唤醒人的心，就是以艺术来代宗教。因为西湖的寺庙最多，来烧香的人也最多，所以大学院在西湖设立艺术院，创造美，使以后的人都移其迷信的心为爱美的心，借以真正地完成人们的生活。

现在最重要的是北伐，有人以为在这紧张的时候，不必马上设立艺术院。但事实上，大家的革命主要目的，不纯在消极地打倒军阀，抵御外人的侵略，而在三民主义的积极建设起来。三民主义，无非为民生而设，总理四十年的革命，可说最后的目的是在民生问题。但文化与物质生活之改造同时重要。原始的人类，于艰难苦斗的生活中，仍有文身、雕刻、装饰器物的精神生活之需要，可见文化与物质生活同时发生，同样重要。生活问题既有物质与精神的两种，那么我们为民生问题而有的国民革命，必须于打倒阻碍民生进行的北伐工作之外，同时兼到精神上的建设，将来方能有完满的成功。再就目前事实上说，我们的北伐军也必须有美的、纯然无私的、勇敢的艺术精神，然后才能真的胜利。如法国人的在欧洲大战，因他们以前有艺术的陶养，故有那样从容不迫的精神。

大学院看艺术与科学一样重要。艺术能养成人有一种美的精神，纯洁的人格。艺术美，照日本人译来的西洋语有两种：一是优美，一是壮美。优美能使人和蔼、安静，对于一切能持静，遇事不乱，应付裕如。壮美使人有如受压迫，如瞻望高山，观览广洋狂涛，使人感到压迫，因而有反抗，勇往直前，一种大无畏的精神，奋发的情感。法国在优美之中养育，故不怕一切，虽强兵临于巴黎近郊，而仍能从容不迫，应付敌人。德人则壮美，他们做事，一往直前，气盖一世。我们北伐军必须有这两种精神，才能一切胜利。现在北伐军中有艺术科，也就是想以艺术精神来陶养军人，使他们有美的、纯然无私的勇敢精神，使北伐胜利。

人类有两种欲望：一是占有欲，一是创造欲。占有欲属于物质生活，为科学之事。创造欲为纯然无私的，归之于艺术。人人充满占有欲，社会必战争不已，紊乱不堪，故必有创造欲，艺术以为调剂，才能和平。艺术纯以创作为主，无现实上的一切因占有欲而起的束缚，艺术家不要名誉、财产，不迎合社会，因此中外的艺术家，每每一生很苦。中国古话说：文人贫而后工。并不是贫而后工，是去掉了一切个人的、现实的私欲，而能纯以创造为主才工。大学院设立艺术院，纯粹为提倡此种无私的、美的创造精神。所以艺术院不在学生多少，而在能创造。能创作，就是一个学生也可以。不能创作，一百、一千个学生也没有用。艺术院的林先生及教职员，他们都是有创作能力的人，希望他们自己去创作，不要顾到别的。

大家要认明白，艺术院不但是教学生，也是为教职员创作而设的。学生愿意跟他们创作的就可以进来，不然不必来这里。这次的风潮，不是真的学生，是有别的政治作用，已经为浙江省政府除去。你们可以安心上课，教职员努力创作。不愿跟着教职员创作的学生，想作别的政治活动的学生，可以离开这里，到别处去，到社会上去做政客，不要妨碍他们创作。总之，艺术院是纯为艺术的，有天才能创作的学生，一万不为多，一个不为少。

来宾、新闻记者也请注意：学校为纯粹的学术机关，神圣之地，一个学生没有也不要紧；教职员能创作，一样可以办下去。不要以为学生少了，就不成学校，这一点大家不要误会了。艺术院的教职员诸先生，要大家一致地努力创作，不要看见发生了一点小事，就怕起来。嗣后再有什么不正当的活动，有浙江省政府来防御、制止。学生要安心上课，教职员诸先生一致创作，供之于社会，这是大学院所最希望的。

教育事业的综合[①]

1929 年 10 月 7 日

西湖博览会为中国稀有之举，开幕了几个月，我没有来过。今天因为是教育的宣传，特地到杭州来，可以见鄙人对于教育方面的诚意。

浙江的教育，从革命军到杭州来了以后，办教育的，以前是大学校长蒋梦麟先生，现在是教育厅长陈布雷先生，都是向来钦佩的，可以放心的。浙江的教育，因为历来地方安定的缘故，所以比别省好得多，而且办理的人，是我所佩服的，所以没有不满的点。我所要贡献的，是教育事业的综合，有三点：

第一是不要忘了中、小教育与大学要打成一片。浙江试行大学区制的计划，本意是要中、小教育和大学合在一起。大学区制，试行的只有浙江、江苏、河北三省。河北没有开办，江苏已经办而没有成绩；浙江是有成绩的，但

① 本文是蔡元培在西湖博览会“浙江省教育宣传日”的演讲。

是因为他方面的关系，也连带地取消。我想，大学区制度虽然取消，而浙江大学依然存在，精神上仍可联络。我们晓得，法国有十四个大学，德国有二十个大学，照比例上言，中国每省可以办四个大学。北平、上海，私立大学很多，常常感觉到经济和人才不足。所以我绝不主张多办大学。民国元年的时候，因为各省高等学堂的程度不齐，成绩不好，取消高等学堂，改办大学预科。虽然成绩比较好一点，但是一省没有一个最高的教育机关，可以吸收学者，关于本省的建设，没有倚傍，于是每省办大学的动机起。我曾提议，此等省会大学，可先开办研究科，一面授研究生以高深的学问，一面叫他们应用学术于本省的工作，但是没有实行的。现在浙江大学，已有文、理、农、工等学院，其中学者对于中、小学校，可以助力的必不少。我很希望主持中、小教育的人，能与大学职教员协力，以发展全省的教育。

第二点是教员的任用与训练，不可不通盘计划。现在浙江应办的学校，不知有多少，有志愿受教育的，亦不知有多少。但是学校很少，受教育的只占百分之二十，一班要受教育的，无学校可以收容，所以教育不普及。一方面，热心教育的人，同等资格、同等学力、同等志愿，而因为人浮于事，不能人人皆有服务于教育的机会。我意，可以仿照征兵制中现役兵与后备兵分别（值）班的办法：其初，甲部分出去服务，而乙部分则留省研究；一两年后，研究者出去服务，而服务者回省研究。如此，则正在办事者不至于无进步；而尚无职务者，亦可为他日办事之准备，不至有猜忌倾轧的行为。

第三点是以学校为中心点，而把一切特殊教育事业都归纳进去。建设伊始，百废待举。今日要办甲事，设一机关，明日要办乙事，又设一机关，不特人才、经费都不经济，而且权责既分，于彼此相关的事项，往往互相牵掣或互相冲突。就教育上言，如党义教育、社会教育以及检查私塾、改良风俗等事，虽非学校教育所包含，而未尝不可利用学校为出发点。学校的建筑、设备、人才，都可利用。美国人往往于假期中，利用学校，办理特殊教育，可以仿行。若能集中一切教育事业，都以学校为根据，仿佛从前乡村有集会娱乐，均以社庙为根据的样子，则一切教育事业，互相贯通，且经费与人才集中于学校，学校亦不至现在的枯窘了。

以上三点，都从综合方面着想，谨以贡献于吾浙江之教育家。

我们为什么要推行阳历[①]

1930年秋

主席，诸位同志：

今天在座各位，对于推行国历，都很热心，并深有研究。今天我想说的只不过作一个讨论罢了。今天讨论的问题，便是怎样推行国历，换句话说，便是用什么方法去推行国历。

我觉得推行国历，第一要注意的，便是使民众诚心悦服地来奉行国历。事实上，现在固带着强制的性质。不过我们出去宣传讲演，却应该使人家心悦诚服来信仰你。

在以前，不叫国历，叫皇历。它的历法，是按照朝代而改变的。这一个人做了皇帝，他便把前朝的衣服、礼仪以及政法等，都加以改变，就是历法也要变更。那时中国的历法，只有一个阴历，是以月为根据而订定的，后因与

① 本文是蔡元培在推行国历演讲大会上发表的演讲。标题为编者所拟。

事实不符，所以加上闰月。这个改革，在以前已很不容易发明的了。不过在纵的组织方法，大家都认为阴历已很完备，而毋庸置疑的。那么，换朝代时，用何法来变更呢?换朝建寅，即阴历正月为一年之开始，商朝以十一月为岁之开始。周朝以十二月为岁始。到秦时，崇尚新法。那时的一班方士或阴阳家，群倡金、木、水、火、土，即有所谓金克木、火克金之类。汉朝以后，信仰孔子的学说，所以这种风气，便慢慢消灭。吕不韦著《吕氏春秋》时，便确定以建寅为正统，一季分孟、仲、季等三时，以春为岁首。这种办法，直至清代，始终如一。

到中华民国成立后，总理主张改用阳历。他的用意，并非是古代换代而改历法的意思，而是发现阴历有许多不好的地方、阳历有许多长处的缘故。阳历固然不能算完备无缺，譬如现在有许多人在研究，说四星期为一月，十三月为一年，一年有五十天为纪念日，这叫作通历。这方法固很方便，因为不像阳历有二十八日、三十日、三十一日之麻烦难记。不过此法尚未到可应用的时期，还是研究的问题，暂搁而勿论。民元时，总理所以要采用阳历，实为了适合经济制度，如预算等项。他的目的，完全为了民众的利益起见，并不是包含着皇历的意义在内。这是我们应该了解的第一点。

有人疑惑应用阳历是学时髦，譬如上海有许多人说话，高兴夹几句英语，穿衣服喜欢穿洋装（这点要声明：洋服自比中服便利；我个人所以不穿洋服，因为国货少有毛织品的关系），也以为我们提倡国历，是学时髦了。其实这是大谬而不然的。要晓得阳历完全是根据天文学加以理性方面之研究而产生的，是最合理的办法，并非盲目地学外人，这是我们应该注意的第二点。

同时，我们还应该了解的，就是我们中国实际上早在用阳历。譬如一年二十四节，若春分等，是完全应用阳历的道理。农人于几月几日播种，几月几日芸田，几月几日收获，他是不知道的，他完全依据节气来计算。以节气而论，节气合阴历元［年］月日，常相差数日，甚至一月，阳历则无此弊。故中国向来奉行阴历，其实应用节气，实已阴、阳合用。所以，现在我们用阳历，并非学外人，而是在全世界各种历法中，择一最合理、最科学的历法，以为应用上之便利与准确，并非盲从，是出于自己的挑选。这是我们该明白的第三点。

不过，在努力奉行国历的时候，我们热心宣传的同志，有几点应注意到：第一，农村与都市，在生活上有一点不同。都市中各工厂、各机关，都可星期休息，在乡村则不然，在农忙的时候，不要说一天八小时、十小时，甚至十四小时，也不以为怪；在没事的时候，终日闲空，也无足为奇。在播种加肥料时，农人无钱，甚至当衣、押物，重利告贷；收获以后，方可还债、赎物。这时农村方面的金钱，自农民而入小钱庄，由小钱庄而入大钱庄，以至银行，于是一切人欠欠人，都可告一总结束。故此次各地商会，请中央（将）解账期改至 2 月 17 日，中央所以予以许可者即在此。不过过年结账，自当遵奉国历而行。退一步讲，解账日期，本可随时规定，例如债项约期以及中秋、端午等节的结账，无足为奇。

以学校而论，推行国历，更没有什么妨碍，不过学生回家省亲的日期，提早些罢了。在机关办事的人，更没有什么不方便之处。至于农民，他们在国历二月方面闲暇，这时他们休息，政府当然听任他们的自由，决不加以干涉。其他若祖先之提早祭祀等，更无问题。

按照事实而论，阳历比阴历要好得多。例如阴历有闰月，一年有十三个月。以学校言，教科书之编制，教员授课之钟点，就生问题。以工商界言，薪金工资等，也要多一个月。并且奉行国历后，封建势力与迷信习惯，也可逐渐废除，正和首都在南京而不在北平，含有同样的意义。这虽不能一蹴而就，不过经年累月以后，自可达到目的。并以大及小，政府机关奉行，影响所及，就可渐渐普及民间。大银行奉行后，自可使都市以及内地的小钱庄，都慢慢奉行。其他提倡庆祝国历新年等事宜，都可以帮助国历的推行。上海、南京现在都组织筹备会，专司其事，那更好了。今天报上看见上海元旦日有电影之放映、游艺场之开放等，都是新年中娱乐的很好办法。政府法令，是严厉施行。党是政治之灵魂，同时，党员好像是民众的慈母，当然应该以慈爱的态度，使一般民众奉行。

总之，宣传国历推行的方法，最重要之一点，在于说明国历之好处，使民众感觉到阴历之短处。那么，推行国历这一件事，自无问题。至于宣传的技巧方面，各位都很明白，不多说了。希望大家以至善的努力，去宣传奉行国历。

以美育代宗教[①]

我记得十余年前，在丙辰学社讲演，曾提出以美育代宗教的问题。今日承中华基督教青年会同人的请属，再把这个问题提出来，向诸位请教，这在我个人是个很难得的机会。

我要预先说明的是，我们说的宗教，并不是指个人自由的信仰心，而仅是指一种拘泥形式，以有历史的组织干涉个人信仰的教派。

又我所说的美育，并不能易作美术。因从前引我说的，屡有改作以美术代宗教者，故不能不声明。盖欧洲人所谓美术，恒以建筑、雕刻、图画与其他工艺美术为限；而所谓美育，则不仅包括音乐、文学等，而且自然现象、名人言行、都市建设、社会文化，凡合于美学的条件而足以感人的，都包括在内，所以不能改为美术。

我所以主张以美育代宗教，有下列两种原因。

（一）宗教的初期，本兼有智育、德育、美育三事，而

① 本文是蔡元培在上海中华基督教青年会的演讲。

尤以美育为引人信仰之重要成分。及人智进步，物质科学与社会科学逐渐成立，宗教上智育、德育的教训，显见幼稚，不能不让诸科学家之研究，而宗教之所以尚能维持场面，使信徒尚恋恋不忍去者，实恃其所保留之关系美育的部分而已。(现象上的美与精神上的美)

（二）以代宗教上所保留的关系美育部分，在美育上实只为一部分，而并不足以揽其全。且以其关系宗教之故，而时时现出矛盾之迹，例如美育是超越的，而宗教则计较的；美育是平等的，而宗教则差别的；美育是自由的，而宗教则限制的；美育为创造的，而宗教是保守的。所以到现时代，宗教并不足为美育之助而反为其累。

因是我等看出美育的初期，虽系赖宗教而发展，然及其养成独立资格以后，则反受宗教之累；而且我等已承认现代宗教，除美育成分以外，别无何等作用，则我等的结论就是以美育代宗教。在家庭间，子女当幼稚时期，不能不受父母之抚养及教训，及其长大，而父母业已衰老，则子女当出而自负责任，俾父母得以休息。其他各种事业上之先进与后进，亦复互相乘除，随时期而更迭。美育之代宗教，亦犹是耳。但是这个问题，甚为复杂。我所说有不明了、不合适之处，还请诸位指教。

中学生要珍惜在校求学的幸福[1]

1934年9月28日

诸位同学：

今天承崔校长见约，参观贵校，得与诸位一谈，甚为愉快。

诸位须知，有许多小学毕业生，想进中学而不能。诸位能进中学，已为难得。且诸位都是铁路员工子弟，在本路学校求学，一切都很方便，更为难得。诸位须知现在求学，是为将来服务社会的预备，若学得不完全，将来不能有贡献于社会，便是辜负了社会的培植，与欠债不还一样，所以我们就觉得求学很苦，也不能不刻苦用功。况求学是很乐的事，为什么不努力呢？

为什么我说求学很乐呢？我试把初中与高中的课程分作三类：第一类是练习工具的课程，例如语言文字与数学。人类不会说话的时候，用手势表意，用面容表情，简单得

---

① 本文是蔡元培在胶济铁路中学的演讲。标题为编者所拟。

很。后来造出动词、名词、静词和其他的助词，且规定排列的先后，就觉得有许多意思，都可以互相传达了。然而但有语言、没有文字的时候，无论何事，非当面谈判不可；对于远方的人，后代的人，都没有方法同他谈话。而且，有了文字，把已有的思想记录起来，就可以凭这个思想作基础，而作进一步的探求。所以识字的人的思想，总比不识字的人复杂一点，深远一点。诸位所以要练习国语、国文，就是这个缘故。

为什么还要学外国语呢？现在是世界各国互相为师的时代，而且欧洲的科学，的确比我们进步，我们不了解外国语，知识太有限了。外国的中学，都有好几种外国语。我们因为语言不同，难学一点，所以只限于一种，或用法文，或用德文，大多数用英文，贵校亦是用英文的，学了英文，英国以外的学理，也可以由英文的翻译与介绍而间接得到了。这是学外国语的好处。

至于数学，是我们没有一刻可以离开的事件。最初，未开化的人，用指头计数，只知五数；后来合两手计算，凑成十数；也有把足趾添上，凑成二十数的。照我们现在的眼光看起来，是太笨了。进一步，有用石子计算的，就是珠算的起源。有用木枝计算的，就是笔算的起源。现在以笔算为主，用机算相助，并建设代数、几何、微积分等方法，自一石一板的尺寸，以至于数十层高数的全体；自地球自身的运动，以至于各行星、各恒星互相关系的；自一星零用账簿，以至于全世界各都市的经济状况，都可以了如指掌，岂不是快事吗？

第二类是增进智识的课程，就是自然科学与社会科学。

人类未开化时代，唯知利用现成的材料，若猎兽、捕鱼，采植物的果实与球根，上居巢，下居窟。进一步，知道动物的性情了，始能牧畜；知道植物的性质了，始能树艺；知道各种矿物性质不同了，由石器时代，而铜器时代，而铁器时代。交通的工具，也由独轮车而进于两轮或四轮的车，由独木船而进于帆船、楼船。这都可以表示人类驾驭自然的能力，是逐渐进步的。一方面，应用上，机器的发明，电力的利用，衣、食、住、行，都非常便利；一方面，学理上，小至电子、元子的消长，大至天文、地质的系统，都可以明了，不是很有趣的么？

社会的起源，只有家族，其初，对于异族的人，都视为仇敌，以多杀为由。后来，因征服而合并，团体渐大，对于被征服的人，不忍尽杀，贬成奴隶；就是同等的人，也有因犯罪而降等，或因贫苦而卖身，都是奴隶。这因为人人以不平等为当然，对于主奴之分，毫不为怪。从美、法革命以后，人类平等，已被公认，美国有解放黑奴的义举，主奴的界限，逐渐消灭。但是，经济上自由竞争的结果，又视贫富不平的状况为当然，于是有社会主义家希望铲除此不平等的劣点，又有种种主张，或主阶级斗争，或主劳资协调，在今日尚为试验时代。中学的社会科学课程，大抵为历史及法制、经济等，其中最主要的一点，就是时代演化而产生一种不平等的状态，则必以人力补救，使渐进于平等。诸位试随时印证看。

第三类是体育、美育的课程，就是运动与图画、音乐、文学等。学校的运动，并不以训练几个选手为目的，而以运动的普及为原则。古人称健全的精神，寓于健全的身体，所以健全身体，实为教育上重要任务。健全的方法，运动最要。每种运动，对于身体有其特殊的效力；而种种规则，又可以养成勇敢、正直、服善、爱群诸美德，青年正在跃跃欲试的时期，又何乐而不为。

凡事都是相对的，有刚必有柔，有紧张必有宽松。美术、文学的课程，就取其有宽松的作用，可以与刻苦用功相调剂。原人时代，就有唱歌、跳舞等等，全恃本身的动作。后来配以逐渐发明的乐器，与适合情绪的文辞，遂演成今日的乐队与戏剧。又如图画、雕刻，其初亦不过简单之动物人体图案等等，逐渐演进，始有今日的历史画、风俗画、山水画与夫俊伟的造像，复杂的图案。进行的程序，甚易明了。我们自初学以至成立，亦复如是，不是很（有）意味的么？

综上所述三类课程，不但有用，而且很有趣味。这不是中学生最大的幸福么？诸位既在学校享了种种幸福，就要切实用功，卓著成绩；将来毕业以后，再受专门教育，觉得预备的功夫，毫无欠缺，而专门学术，进行甚易。学成以后，无论地位大小，总有贡献于社会，那就不辜负社会所给予诸位的幸福了。

整顿北京大学的经过[1]

1936 年 2 月 16 日

今天北大同人会集于此，替我祝寿，得与诸先生、诸同学相见，我心甚为愉快，但实觉得不敢当。刚才听得主席王同学报告，及前教授石先生等致辞，均属极恳挚的勉励和奖誉之言，真叫我于感激之余，惭愧得了不得。我今年实在还未到七十岁的足数日子，记得蘧伯玉有句话："行年五十，当知四十九年之非。"我今年就算七十，那么今是昨非之感，恐怕不过是六十九年的种种错误罢了。自今以后，极愿至其余年，加倍努力于党国及教育文化事业，以为报答，并希冀借此稍赎过愆。

今日在座者，皆北大有关系之人，请略说当年北大情形。北大在民元以前叫作京师大学堂，包有师范馆、仕学馆、译学馆等部分，我当时也曾任译学馆教员，是为我服务北大之始。尔后我因赴德国留学，遂与北大脱离。至民

① 本文是蔡元培在南京北大同学聚餐会上的演讲。

五冬，我在法国，接教育部电促回国，任北大校长。我回来，初到上海，有人劝我不必就职，说北大腐败极了，进去若不能整顿，反于自己的声名有碍。这当然出于爱我的意思。但也有少数人就说，既然知道北大腐败，更应进去整顿，就是失败，也算尽了心。这也是我不入地狱谁入地狱的意思。我到底服从后说而进北京。

自入北大以后，乃计议整顿北大的办法：第一，我拟办的是设立研究所，为教授、留校毕业生与高年级学生的研究机关。我在译学馆的时候，就晓得北京学生的习惯，他们平日对于学问上并没有什么兴会，只求年限满后，可以得到一张毕业文凭。教员自己也是不讲进修的。尤其是北大的学生，从京师大学堂老爷式学生嬗继下来，他们的目的不但在毕业，而尤重毕业以后的出路，所以专门研究学术的教员，他们不见得欢迎；若使一位政府有地位的人来兼课，虽然时常请假，他们还是攀附得很，因为毕业后有阔老师做靠山。这种科举时代遗留下来的劣根性，是于求学上很有妨碍的。所以我到校后第一次演说，就说明"大学生当以研究学术为天职，不当以大学为升官发财之阶梯"。然而这类习惯费了多少年打破功夫，终不免留下遗迹。

第二件事就是所谓开放女禁。其实中国大学无所谓女禁，像英国牛津等校似的。民九，有女学生要求进校，以考期已过，姑录为旁听生。及暑假招考，就正式招收女生。有人问我："兼收女生是否创制新法？"我说："教育部的大学令，并没有专收男生的条文；从前女生不抗议，所以不招女生，现在女生来要求，而程度又够得上大学，就没有拒绝的理由。”这是我国大学男女同学的开始。稍后，孔德学校也有女学生，于是各中、小学逐渐招收她们了。我一向是主张男女平等的，可惜今天到会的女同学，只有赵、谭、曹三位，仍觉得比男同学少得多。

第三件我提倡的事，就是变更文体，兼用白话，但不攻击文言。我本来不赞成董仲舒罢黜百家，独尊孔子一类的主张，因为学术上的派别也和政治上的派别一样，是相对的，不是永远不相容的。在北大当时，胡适之、陈仲甫、钱玄同、刘半农诸君，暨沈氏兄弟，积极地提倡白话文学；刘师培、黄季刚诸君，极端维护文言。我却相信，为应用起见，白话文必要盛行，我也常常做白话文，替白话文鼓吹；然而，我曾声明，作美术文，用文言未尝不好。例如我们写字，为应用起见，自然要写行楷，若如江艮庭的篆隶写药方，当然不可；若是为人写斗方或屏联作装饰品，即写篆隶章草，有何妨害。可是文言、白话的分别适用，到如今依然没有各得其当。

以上系我在北大时举办的或提倡的几件较大的事情。其他如注意美育，提倡军训，培养学生对于国家及人类的正确观念，都是没有放松。只可惜上述这些理想，总没有完全实现。可见个人或少数人的力量，终是有限。综计我居北大校长名义，自民六至民十五，共十年有半，而实际办事，不过五年有半，所成就者仅仅如是。一经回忆，对于知我罪我，不胜惭悚！

今天在座的，年龄皆少于我，未来服务于国家社会的机会正多，发展无量。况且以诸位的年龄，合计不知几千百倍于本人，而预料诸位将来达于七十岁的时候，对于国家社会的贡献，更不知将几千百倍于本人；所以今天诸位先生与同学以祝我的，我谨以还祝诸位健康。

复兴民族与学生[①]

1936年6月5日

我们为什么要复兴民族?

复兴民族的意思，就是说，此民族并不是没有出息的，起先是很好的，后来不过是因为环境的压迫，以致退化，现在有了觉悟，所以想设法去复兴起来。复兴二字，在西方本为Renaissance一字，在西洋中世纪以前，本有极光明的文化，后为黑暗时期所埋没，后来又赖大家的努力，才恢复以前的光明，因而名之曰复兴。中国古时文化很盛，古书中常有记载，周朝的文物制度与希腊差不多，周季，有儒、墨、名、法、道家的哲学，此后如汉、唐的武功，也不能抹煞的。但到了现在，我们觉得事事都不如人，不但军事上、外交上不能与列强抗衡，就是所用的货物也到处觉得外国的物美价廉，胜于国货，这不能不说是我们的劣点。然而我们不能自认为劣等的民族，而只认为民族的

① 本文是蔡元培在大夏大学学生自治会的演讲。

退化，所以要复兴。

民族乃集合许多份子而成，现在欲复兴民族，须将民族全部分提高起来，提高些什么呢？我们的答案是：

第一，体格——中国民族为什么不中用，第一步乃是身体不健全，死亡率、病象、做工能力、体育状况，无论哪一种统计，都显出我们民族的弱点，所以要复兴民族，第一步是设法使大家的身体强健起来。我闻张君俊先生说，中国民族衰老的现象，南方人智力较胜于北方人，而体力都较逊于北方人；北方人体魄强壮而智力远逊于古人，因北方常有黄河之灾，且常为游牧民族所侵略，因而民族之优秀者均迁南方，此为历史证明的事实。如南北朝时代，如辽金元时代皆是，但南方气候潮湿，多寄生虫，不适宜优秀民族的发展。为复兴民族计，宜注重北方的开发。我以为北方固要开发，而南方亦可补救，我们若能发展北方人之智慧，增加南方人的体力，何尝不可用人为的力量，来克服自然呢？巴拿马旧以多蚊而不能施工事，后用科学灭蚊法而运河乃成。我们欲使民族强健起来，一定可用人力来做到。

第二，知识及能力——中国人的智能，并非不如外国人。中山先生在民族主义演讲中说“恢复中国固有的智能”，足以证明，如指南针、印刷术、火药的发明，长城、运河等建设，素为外人所称道，但到现在，科学的创造、建设的能力，各民族正非常发达，而我民族则不免落伍，然我们追想祖先的智力与能力，知道我们绝非不能复兴的。例如波兰，虽经亡国之惨变，今仍能恢复，即有民族文化之故。远之如哥白尼之天文，近之如居礼夫人（之）化学，及其他著名之文学家、美术家，都是主动力，可以证明固有的智能足以兴国的。

第三，品性的修养——一民族之文化，一面在知识之发展，一面则赖其品性优良。向来称优良之品性为道德。道德不是绝对的，是相对的，是因各地方各时期的不同而定的。不过其中有一抽象的原则，是不可不注意的。此原则即为“爱人如己”。它的消极方面即为“己所不欲，勿施于人”；其量则“由近而远”，初则爱己、爱家，继则爱族、爱乡、爱国，而至爱世界的人类，此种道德观念，与其用信条来迫促它，还不如用美感来陶冶它。我们看美术的进步，亦是由近而远，初用以文身，继用以装饰身体，或装饰花纹于用品上，远则用以装饰宫室，且进而美化都市，其观念渐行扩大，由近而远，正与道德观念相应。

总之，复兴民族之条件为体格、智能和品性。这种条件，是希望个个人都能做到的。目前中国具了这三条件之人，请问有多少？可说是少数。但我们希望以后能达到。不过如何去达到呢，还不能不有赖于最有机会的人——学生，尤其是大学生，先来做榜样了。

大夏大学设在郊外，早已采取了牛津、剑桥大学的导师制，更有做榜样的资格。故如欲复兴民族，应由你们做起。在这里，我得介绍一位章渊若先生，他是提倡自力主义的，就是说人人都要从自己做起来再说。我现在就要劝诸位自己先做起来。学生自治会，就是促进各人自己努力的机关。

第一，以体育互相勉励——提倡体育是一个改进民族的很好的办法。日本人提倡体育，很有进步，就影响到了全体民族，所以，我们不能不有认识，体育乃是增加身体的健康，同时谋民族的健康，而非为出风头。以前的选手制，常犯了偏枯的毛病，根本失却了体育的本意，因而，常会发生下面的几种错误：（一）不平均——体育为少数人所专有；（二）太偏重——一部分选手则太偏于运动，牺牲了其他功课。今后对于体育之认识，则为根据于卫生的知识，不一定要求其做国手。听说贵大学现在实行普及体育，学生自治会又在促进普及体育的成功，这是可喜的。

第二，以知识及能力的增进互相勉励——大学内天天有教师讲授，但单靠教师讲授是不足的，还要自己去用功才行。用功要得法，单独的与集合的用功，都有优点，可以并行。同学之互相切磋，那是很有益的。自治会的组织，与同学的知能增进，有直接关系。从前我们有读书会，大家选定几本书，每人认一本去读，读了分期摘要报告，或加以批评，如听了觉得有兴味的，自己再去详读，否则，也就与自己读过无异了。这一类互助的方法很多，对于学问，很有补益的。

第三，以品性修养互相勉励——彼此互相检点，对于不应为的事情，互相告诫；对于应为的事情，互相督促；固然是自治会应有的条件，然完全为命令式的，如“你应该这样”，“你不应该怎样”，有时反引起对方的反感。所以我主张以美术来代替宗教，希望人人都有一种自然而然的善意。因为人类所以有不应为而为的事情，大抵起于自私自利的习惯。有时候迫于贪生怕死的成见，那就无所不为了。唯有美术的修养，能使人忘了小己，超然于生死利害之外，若人能有此陶冶，无论何等境遇，均不失其当为而为，不当为而不为之气概。前十七八年，我长北京大学时，北京还没有一个艺术学校，全国还没有一个音乐学校，所以我在北大内发起音乐研究会、书画研究会，使学生有自由选习的机会。现在艺术的空气已弥漫全国，上海一市，音乐艺术的人才尤为众多，贵自治会如有此等计划，必不难实现了。

贵自治会如能于右列三者，加意准备，则复兴民族的希望，已有端倪，我不能不乐观。

美术是抗战时期的必需品[①]

1938年5月20日

今日承保卫中国大同盟及香港国防医药筹赈会之招，得参与此最有意义的展览会，不胜荣幸。

当此全民抗战期间，有些人以为无赏鉴美术之余地，而鄙人则以为美术乃抗战时期之必需品。

抗战时期所最需要的，是人人有宁静的头脑，又有强毅的意志。“羽扇纶巾”，“轻裘缓带”，“胜亦不骄，败亦不馁”，是何等宁静？“衽金革，死而不厌”，“鞠躬尽瘁，死而后已”，是何等强毅？这种宁静而强毅的精神，不但前方冲锋陷阵的将士，不可不有；就是在后方供给军需，救护伤兵，拯济难民及其他从事于不能停顿之学术或事业者，亦不可不有。有了这种精神，始能免于疏忽、错乱、散漫等过失，始在全民抗战中担得起一份任务。

---

① 本文是蔡元培在香港圣约翰大礼堂美术展览会上的演讲。标题为编者所拟。

为养成这种宁静而强毅的精神，固然有特殊的机关，从事训练；而鄙人以为推广美育，也是养成这种精神之一法。美感本有两种：一为优雅之美，一为崇高之美。优雅之美，从容恬淡，超利害之计较，泯人我的界限。例如游名胜者，初不作伐木制器之想；赏音乐者，恒以与众同乐为快；而这样的超越而普遍的心境涵养惯了，还有什么卑劣的诱惑，可以扰乱他么？崇高之美，又可分为伟大与坚强之二类；存想恒星世界，比较地质年代，不能不惊小己的微渺；描写火山爆发，记述洪水横流，不能不叹人力的脆薄；但一经美感的诱导，不知不觉，神游于对象之中，于是乎对象的伟大，就是我的伟大；对象的坚强，就是我的坚强。在这种心境上锻炼惯了，还有什么世间的威武，可以胁迫他么？

且全民抗战之期，最要紧的，就是能互相爱护，互相扶助。而此等行为，全以同情为基本。同情的扩大与持久，可以美感上“感情移入”的作用助成之。例如画山水于壁上，可以卧游；观悲剧而感动，不觉流涕，这是感情移入的状况。儒家有设身处地之恕道，佛氏有现身说法之方便，这是同情的极轨。于美术上时有感情移入的经过，于伦理上自然增进同情的能力。

又今日所陈列的，都是木刻画（Graphic Art），纯以黑与白相间，而不用色彩，没有刺激性，而印象特为深刻。这也是这一次展览会的特色。

图书在版编目(CIP)数据

蔡元培：言有物，行有伦 / 蔡元培著．-- 北京：中国文史出版社，2023.5

(百年中国名人演讲)

ISBN 978-7-5205-3816-9

Ⅰ．①蔡… Ⅱ．①蔡… Ⅲ．①演讲-中国-现代-选集 Ⅳ．①I266

中国版本图书馆 CIP 数据核字(2022)第 186803 号

责任编辑：薛媛媛

出版发行：**中国文史出版社**
社　　址：北京市海淀区西八里庄路 69 号院　邮编：100142
电　　话：010-81136606　81136602　81136603（发行部）
传　　真：010-81136655
印　　装：北京新华印刷有限公司
经　　销：全国新华书店
开　　本：880×1230　1/32
印　　张：9.5　　　字数：189 千字
版　　次：2023 年 5 月第 1 版
印　　次：2023 年 5 月第 1 次印刷
定　　价：63.80 元